अँगुलियों का ऑर्केस्ट्रा

भाग-2

ओसामु यामामोतो

अनुवाद
तोमोको किकुचि

यह ताकाहाशि कियोशि की जीवनी पर आधारित कहानी है।

सहायक ग्रन्थ; योरिको कावाबुचि द्वारा लिखित "शिकोत्सु (अँगुलियों की हड्डी)" प्रकाशक; शिनशोसेत्सुशा, "शुवा वा कोकोरो (सांकेतिक भाषा हृदय है)" प्रकाशक; जेन निहोन रोआ रेन्मेइ

अँगुलियों का ऑर्केस्ट्रा
भाग-2

अनुक्रम

अध्याय दस : माँ और बेटा

खंड 1 की कहानी का सार :

1914 में ताकाहाशि कियोशि जापान में "ओसाका अन्ध मूक विद्यालय" के अध्यापक बने और वहाँ विद्यालय में बधिर छात्र इस्सकु से उसकी मुलाकात हुई। इस्सकु ने कियोशि से सांकेतिक भाषा सीखी और उसका हृदय दूसरे छात्रों के साथ घुलने मिलने लगा। इस्सकु के पिता युद्ध में शहीद हो गये थे और उसके घर के लोगों के मन में बधिर इस्सकु के प्रति भेदभाव और पूर्वाग्रह था। यह अत्याचार देखकर इस्सकु की माता ने इस्सकु के साथ परिवार से अलग रहना चाहा। बिना किसी को बताये इस्सकु की माँ घर से भाग गयी और शहर के कारखाने में काम करने लगी। ताकि वह मजदूरी कर अपने बेटे इस्सकु के साथ किराये में कहीं रह सके। कियोशि भी इस्सकु की माता को ढूँढ़ रहे थे, संयोग से इस्सकु की सहपाठी मत्सुए ने उन्हें एक कारखाने में काम करते हुए देखा था, क्योंकि मत्सुए की बड़ी बहन भी उसी कारखाने में काम करती थी। माँ की तबीयत ज्यादा काम करने से और थकावट के कारण खराब हो गयी...

हमने उसे कारखाने में कभी भी जबर्दस्ती काम करने को नहीं कहा
परन्तु वह स्वयं ही ज्यादा काम करने के लिए जिद करती थी
जी
ठीक है, आप डॉक्टर को पैसे दें
घड़ाक
उसका क्लीनिक चौराहे पर है
मैं चलता हूँ
ऊ ऊ
चटाक
वह मालिक हैं?
हाँ, अच्छे नहीं हैं!
अ अ
अ
इस्सकु...?
अभी उसे नहीं बताया गया है

मैंने आपको परेशानी दी
इस्सकु की माँ का पता चल गया और हमारी चिन्ता भी दूर हो गयी
माफ कीजिएगा, सर....
हाँफ हाँफ
कुछ पैसा जोड़ जाए तो इस्सकु के पास...
जरूर जाऊँगी
आंटी...
हाँफ हाँफ
अभी कारखाने में काम है इस्सकु से जल्दी ही मिलती हूँ...

*मिचिको; मत्सुइ की बड़ी बहन

धड़
धड़ धड़ धड़
ऐसे क्यों हुआ...
माँ और बेटा एक-दूसरे को चाहते हैं, पर कुछ बात न कर पाने के कारण दुखी हैं
बधिर लोगों की पीड़ा न केवल विकलांग होने से है,
धड़ धड़
इतना ही नहीं, बिलकुल ही एक-दूसरे को नहीं समझ पा रहे हैं

*सचित्र पुस्तक : अंजु और जुशियो

खी खी खी
हा हा हा
वाह
हा हा हा
हा हा
आपने बहुत बड़ा काम किया
मैं सब समझ गया
ऐसी समस्या न केवल इस्सकु के साथ हुई है
पर इस स्कूल के सारे बच्चों के परिवार के साथ ऐसी ही समस्या होती रहती है

आपका मतलब, यह इन बच्चों की मजबूरी है?
उन माँ बेटे के लिए...
नहीं...
समाज में शामिल होते ही बच्चों को गलतफहमी, तिरस्कार और भेदभाव झेलना पड़ता है
दुख है पर सच्चाई तो यही है
हमें माहौल बदलना है
स्कूल का माहौल बदलना है
उसके बाद परिवार का
बच्चों को खुशी और इंसानियत से जीना चाहिए

*अंजु और जुशिओ

माँ कहाँ?
यह पुस्तक क्यों है!?
सर, आप माँ से मिले थे!?
इस्सकु... माँ से मिलना चाहते हो?
माँ कहाँ?
तुम रह सकते हो!!
माँ के साथ रहना चाहते हो?

इस स्कूल में तुम माँ के साथ रह सकते हो!!
ऊ ऊ ऊ (साइरेन)
कारखाने का लंच ब्रेक खत्म हो गया
ऊ ऊ
मचिको
मुझे अब जाना है...

जरा देखो
क्या मैं सांकेतिक भाषा में संकेत सही कर रही हूँ या नहीं?
बहुत अच्छा
पच्च पच्च
बिलकुल सही
घड़ाक
शाम को फिर आती हूँ
आराम कीजिएगा
चटाक

मिचिको
सुनो
हाँफ हाँफ
बढ़िया खबर है!!
क्या हुआ सर?
वे दोनों एक साथ रह सकते हैं
वह स्कूल के हॉस्टल में रहकर सेविका का काम करेंगी
आंटी!?
वेतन ज्यादा नहीं है, पर अभी सेविका का स्थान खाली हुआ है

आपने सुना, आंटी!?
उसके साथ रह सकती हैं!!
आप इस्सकु के साथ रह सकती हैं!!

रह सकती हूँ
शू यू
ठन ठन ठन
बूउ बूउ
इस्सकु के साथ मैं रह सकती हूँ
लाइए मैं सामान उठा लूँ
कोई बात नहीं...
हाँफ हाँफ

हाँफ हाँफ हाँफ
अरे वह इस्सकु है
मत्सुए भी...

इस्सकु
इस्सकु...
इस्सकु!!

इस्सकु!!
धड़ाक
धड़ाम
हाँफ
हाँफ
हाँफ
हाँफ
हाँफ हाँफ
हाँफ हाँफ

मैं...

इस्सकु...
पसन्द...
あ
अ...
ああ...
अ अ...

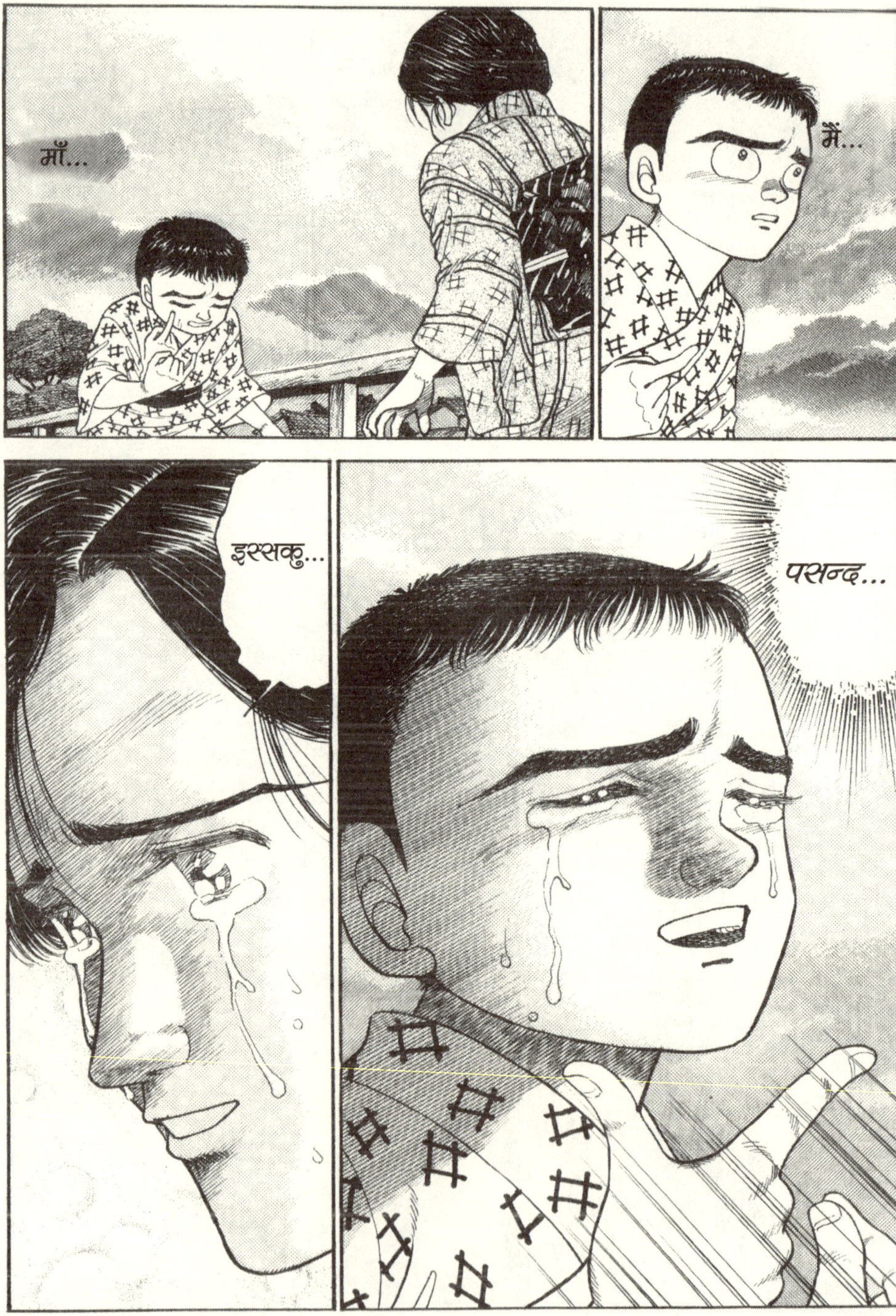
माँ...
मैं...
इस्सकु...
पसन्द...

इस्सकु!!

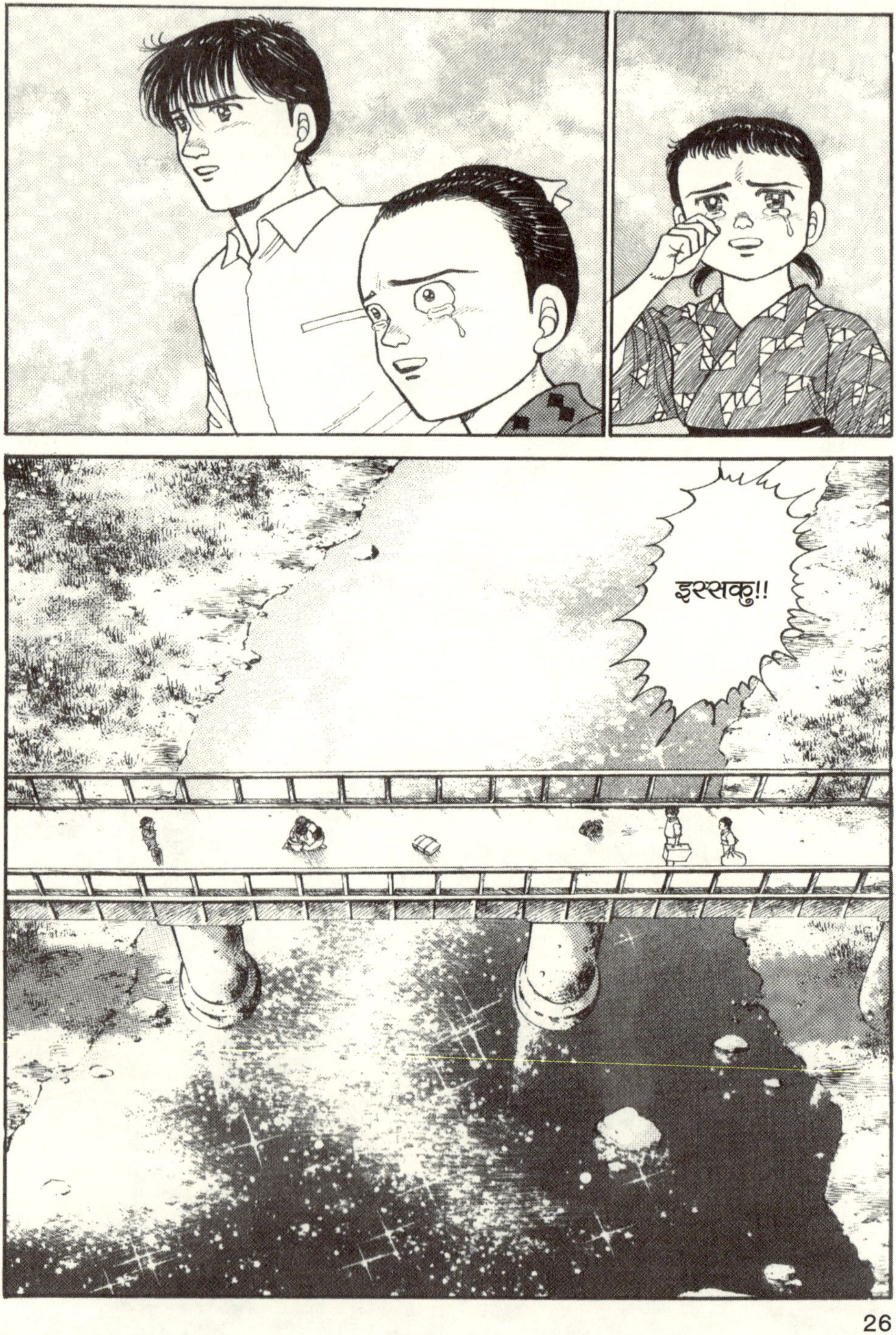
इस्सकु!!

अध्याय ग्यारह : अंजु और जुशिओ / भाग-1

संगीत!!

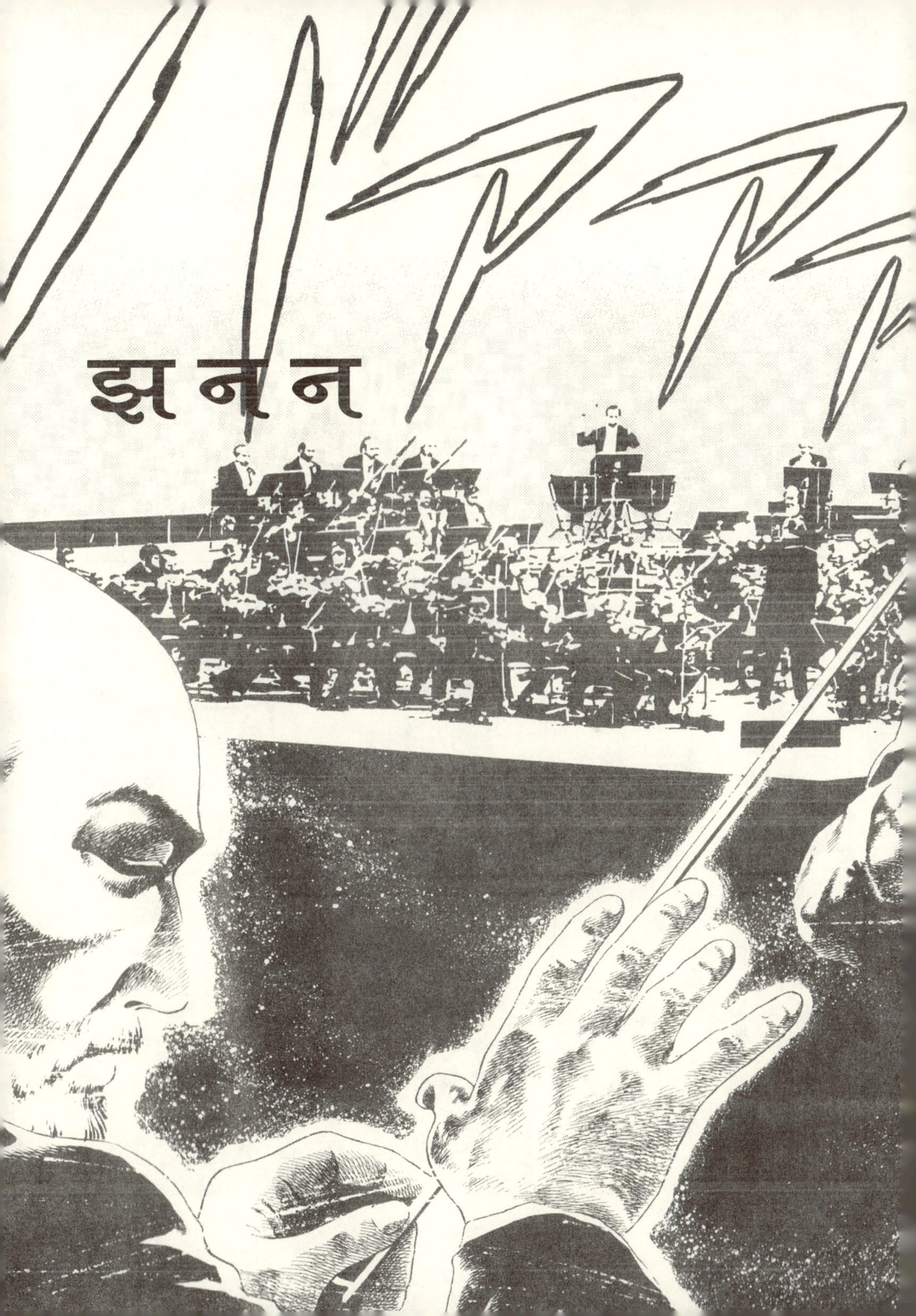
झनन

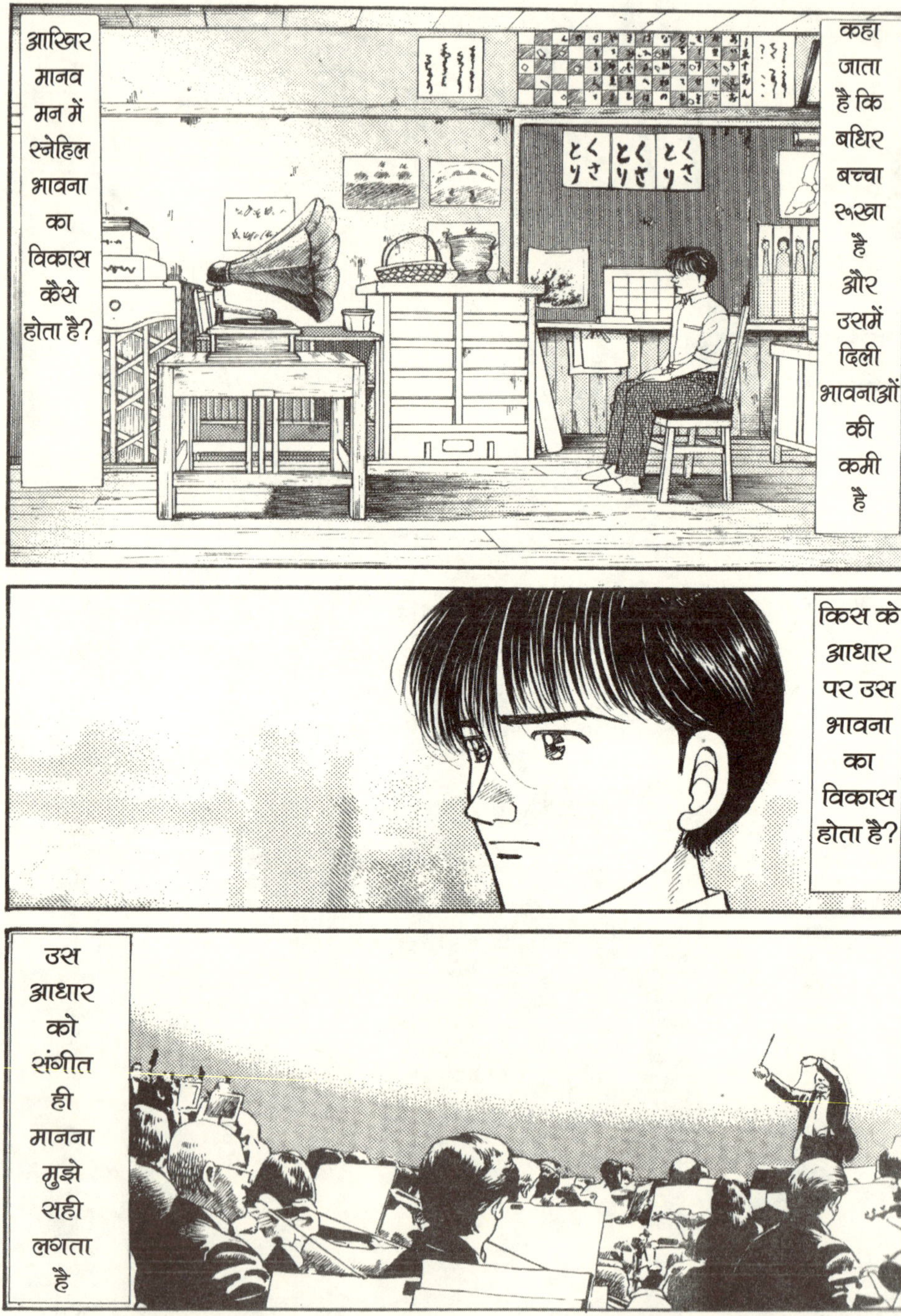
कहा जाता है कि बधिर बच्चा रूखा है और उसमें दिली भावनाओं की कमी है
आखिर मानव मन में स्नेहिल भावना का विकास कैसे होता है?
किस के आधार पर उस भावना का विकास होता है?
उस आधार को संगीत ही मानना मुझे सही लगता है

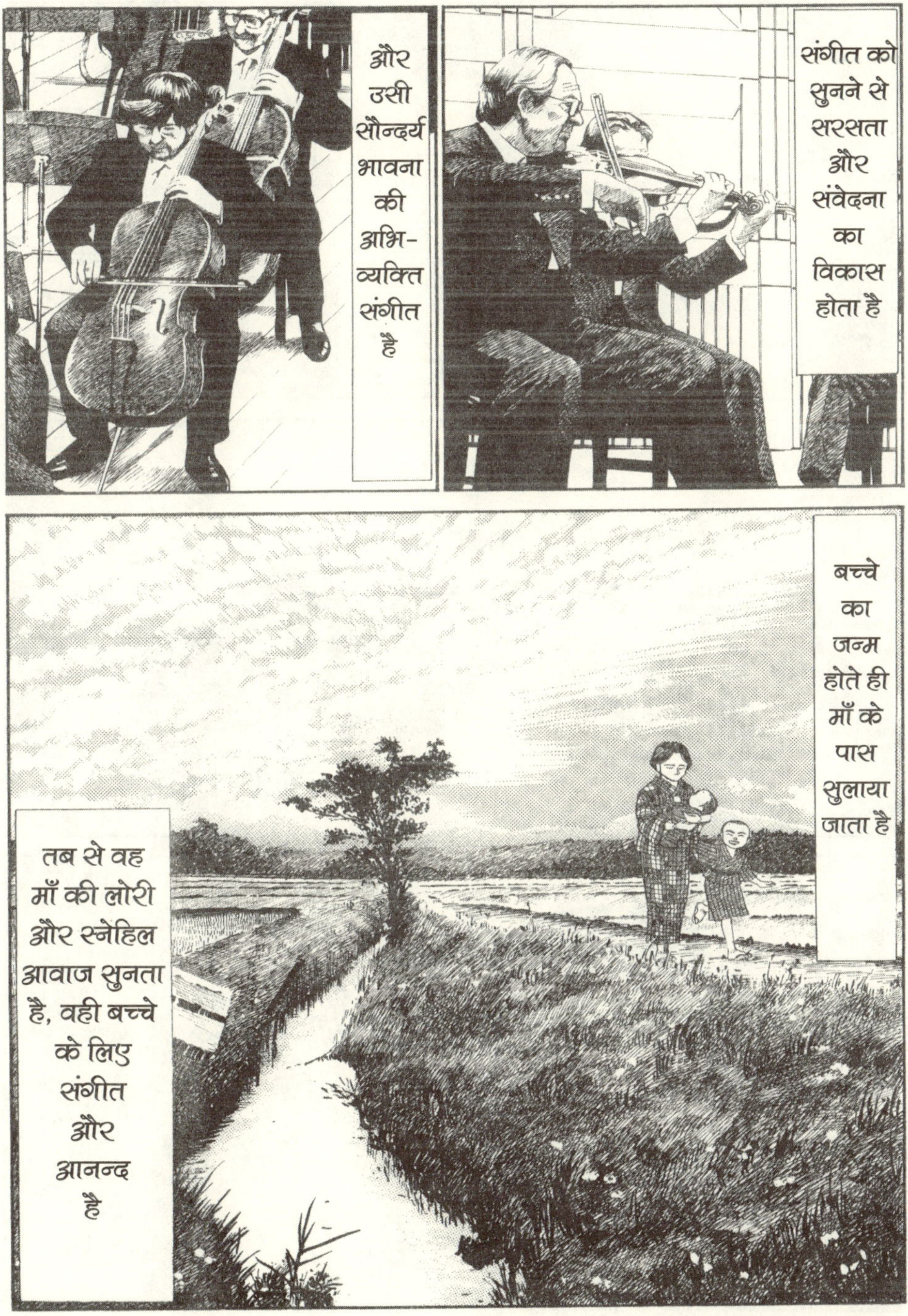
संगीत को सुनने से सरसता और संवेदना का विकास होता है
और उसी सौन्दर्य भावना की अभि-व्यक्ति संगीत है
बच्चे का जन्म होते ही माँ के पास सुलाया जाता है
तब से वह माँ की लोरी और स्नेहिल आवाज सुनता है, वही बच्चे के लिए संगीत और आनन्द है

इस प्रकार के संगीत से बच्चों का मन कोमल और सुन्दर बनता है
परन्तु इन बधिर बच्चों के साथ ऐसा नहीं होता
न तो माँ की स्नेह भरी आवाज
और न ही माँ की लोरी का आनन्द

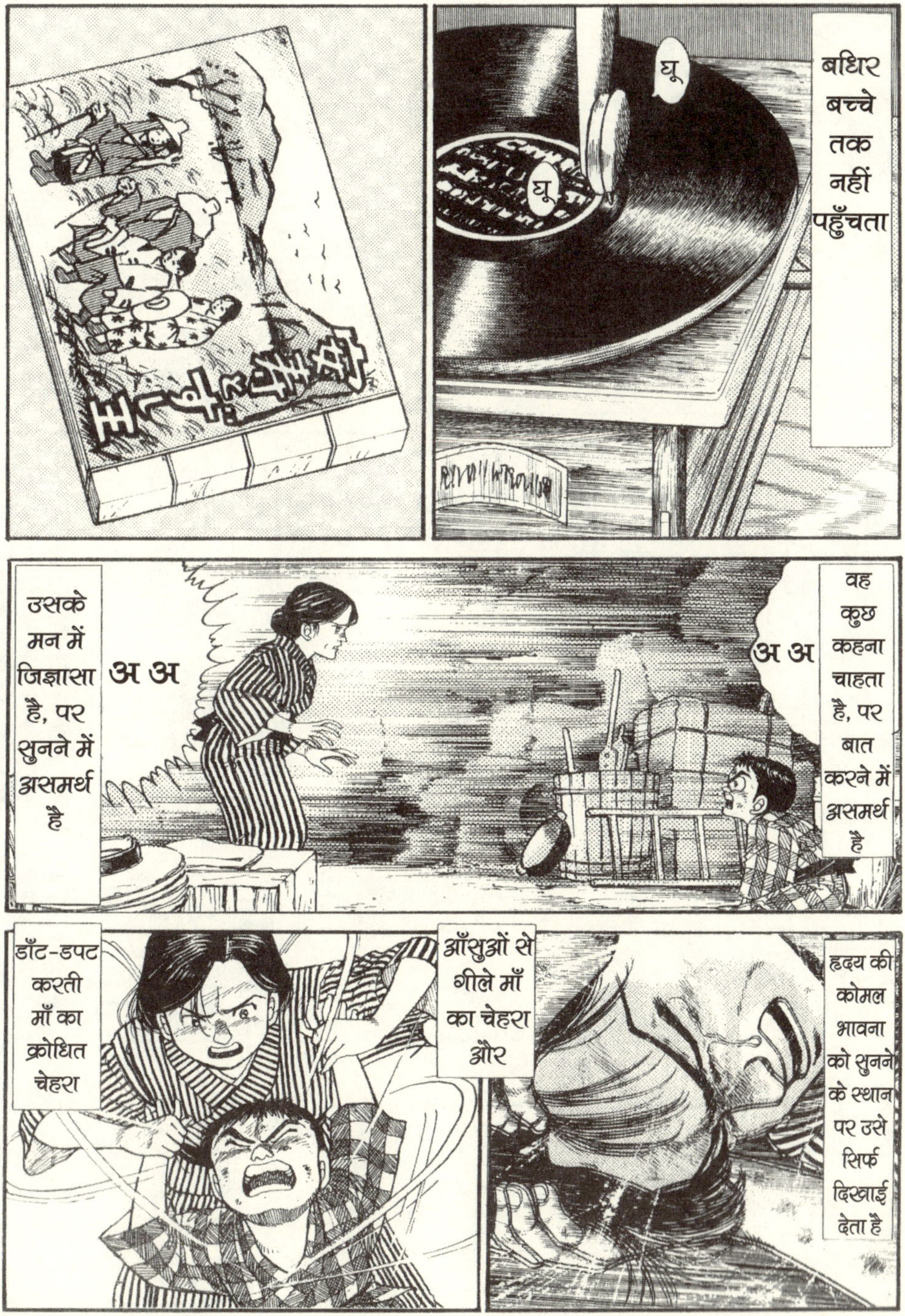

बधिर बच्चे तक नहीं पहुँचता
घू
घू
उसके मन में जिज्ञासा है, पर सुनने में असमर्थ है
अ अ
अ अ
वह कुछ कहना चाहता है, पर बात करने में असमर्थ है
डाँट-डपट करती माँ का क्रोधित चेहरा
आँसुओं से गीले माँ का चेहरा और
हृदय की कोमल भावना को सुनने के स्थान पर उसे सिर्फ दिखाई देता है

*अंजु औ जूशिओ

समाज में समझ की कमी, गलत-फहमी और द्वेष...
अ अ अ
उसी माहौल में बधिर-मूक बच्चों को बड़ा होना है, इसलिए
उनके मन में संगीत के लिए कोई जगह नहीं बचती है
इसलिए उनके मन में कोमलता की तलाश करना बेकार है

आज ताकाहाशि सर आप लोगों को एक मजेदार कहानी सुना रहे हैं
सर ने आप लोगों को सुनाने के लिए रोज देर रात तक सांकेतिक भाषा का अभ्यास किया
आप सब को सर की सांकेतिक भाषा अच्छी तरह देखनी है
वाह
इस पुस्तक को पढ़ कर सुनाएँगे
कहानी का नाम है, अंजु और जुशिओ'

संगीत...
अगर संगीत के स्थान पर सांकेतिक भाषा को रखा जाए
ब्लैकबोर्ड पर पुस्तक का शीर्षक लिख लेता हूँ
बधिर बच्चों के लिए संगीत हो सकती है
वैसी सांकेतिक भाषा ही
स्नेहिल कोमल और सुन्दर लगने वाली सांकेतिक भाषा

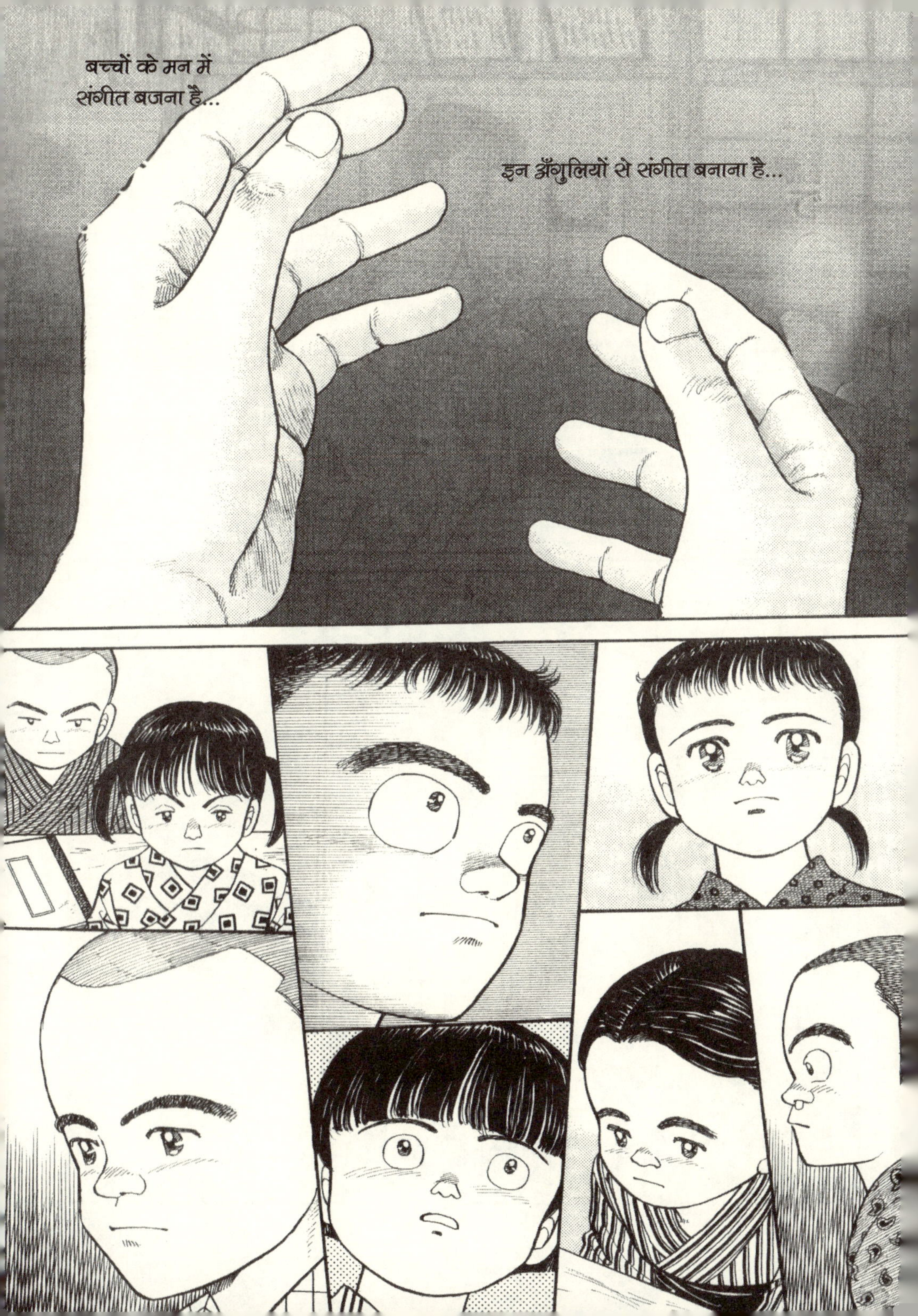
बच्चों के मन में
संगीत बजना है...
इन अँगुलियों से संगीत बनाना है...

अंजु से...
मिलना चाहती हूँ
जुशिओ से...
मिलना चाहती हूँ

बहुत पहले की बात है...
सदोगशिमा नामक टापू में...

गरीब दादी अकेली वही गाना गाते-गाते गेहूँ सुखाया करती थी
गेहूँ चुगने आती चिड़ियों को भगाती रहती थी
दादी...
कई सालों से रोती रहती थी
इसलिए अन्धी हो गयी

चुपचाप देखो!!
एइको जैसी है, जो हॉस्टल में है
अ अ
अ
अन्धी?
पहले दादी का बहुत सुखी जीवन था
उसके पति काम के लिए अलग शहर में रहते थे
परन्तु...
वे खुशी-खुशी एक साथ रहते थे
उसकी अंजु नामक बेटी और जुशिओ नामक बेटा था

पर एक दिन!!
शहर से एक नौकर पहुँचा
घोड़े पर चढ़कर तेजी से वहाँ पहुँचा
साहिबा!! बहुत बुरी खबर है
किसी कारणों से साहब का त्सुकुशि जिले में ट्रांस्फर हो गया

एक साल बीत गया,
दो साल बीत गये,
फिर भी त्सुकुशि
जिले से
साहब की
कोई खबर
नहीं आयी
उनसे
मिलना
चाहता
हूँ
हमारे
पिताजी
का क्या
हाल
होगा

बच्चों की इच्छा पर वे तीनों एक नौकरानी के साथ जिले की ओर रवाना हो गये
शरद में सूर्यास्त की लाल किरणें समुद्र, पहाड़ और उन चारों पर पड़ रही थी
ताकाहाशि की सांकेतिक भाषा बदल गयी है...

सुन्दर आकर्षक हो गयी है
चुपचाप बैठी रहो!!
सुनिए...
क्या सचमुच हमारी नावें त्सुकुशि की ओर जा रही हैं?

दो नावें देखते देखते एक दूसरे से दूर हो गयीं
असल में वह भयंकर मानव तस्करी की नावें थीं
अंजु!!
जुशिओ!!
माता जी!!
पर हवा और लहरों की गरज में उनकी चीखें धुँधली पड़ गयीं
सब चीख रहे थे

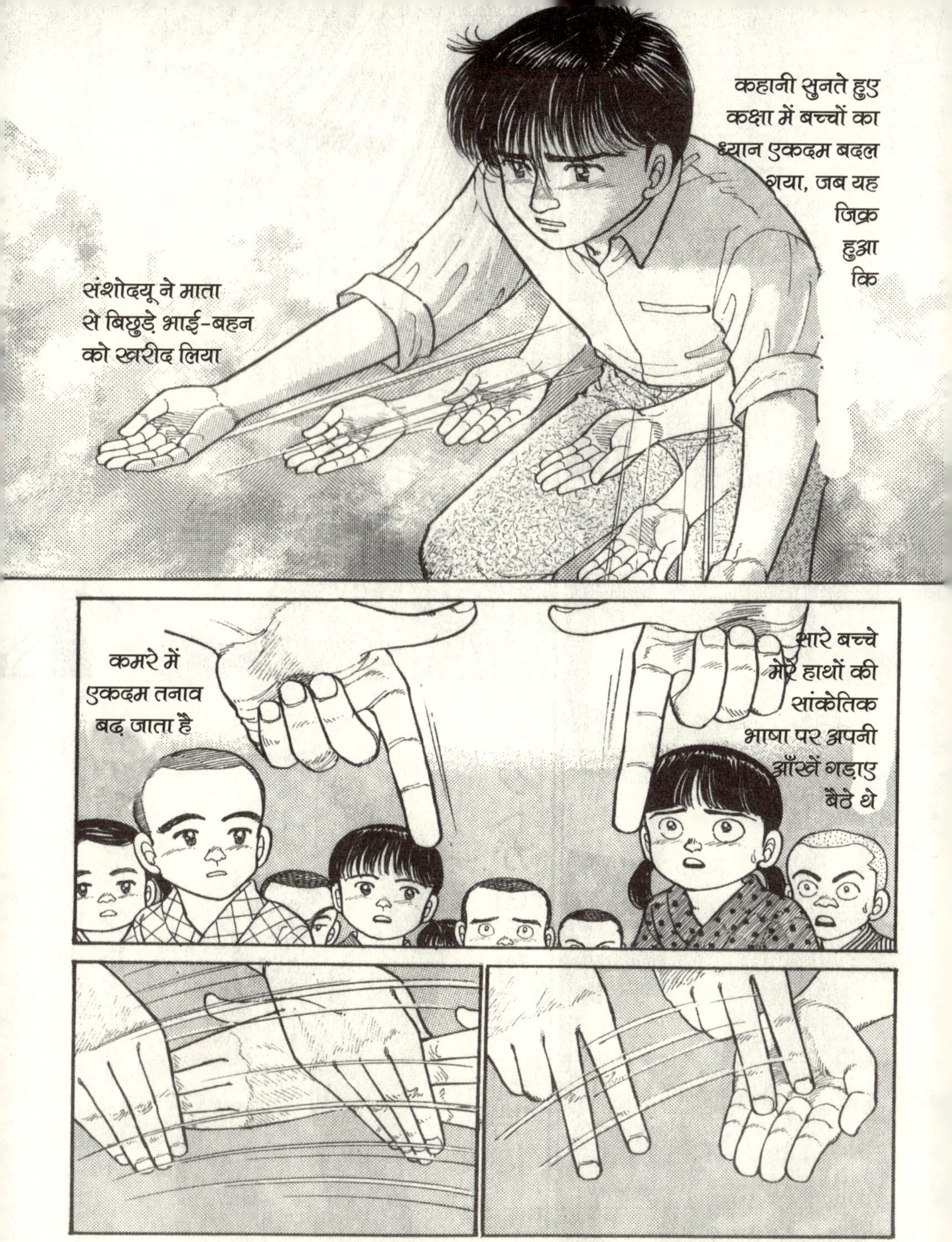
कहानी सुनते हुए
कक्षा में बच्चों का
ध्यान एकदम बदल
गया, जब यह
जिक्र
हुआ
कि
संशोदयू ने माता
से बिछुड़े भाई-बहन
को खरीद लिया
कमरे में
एकदम तनाव
बढ़ जाता है
सारे बच्चे
मेरे हाथों की
सांकेतिक
भाषा पर अपनी
आँखें गड़ाए
बैठे थे

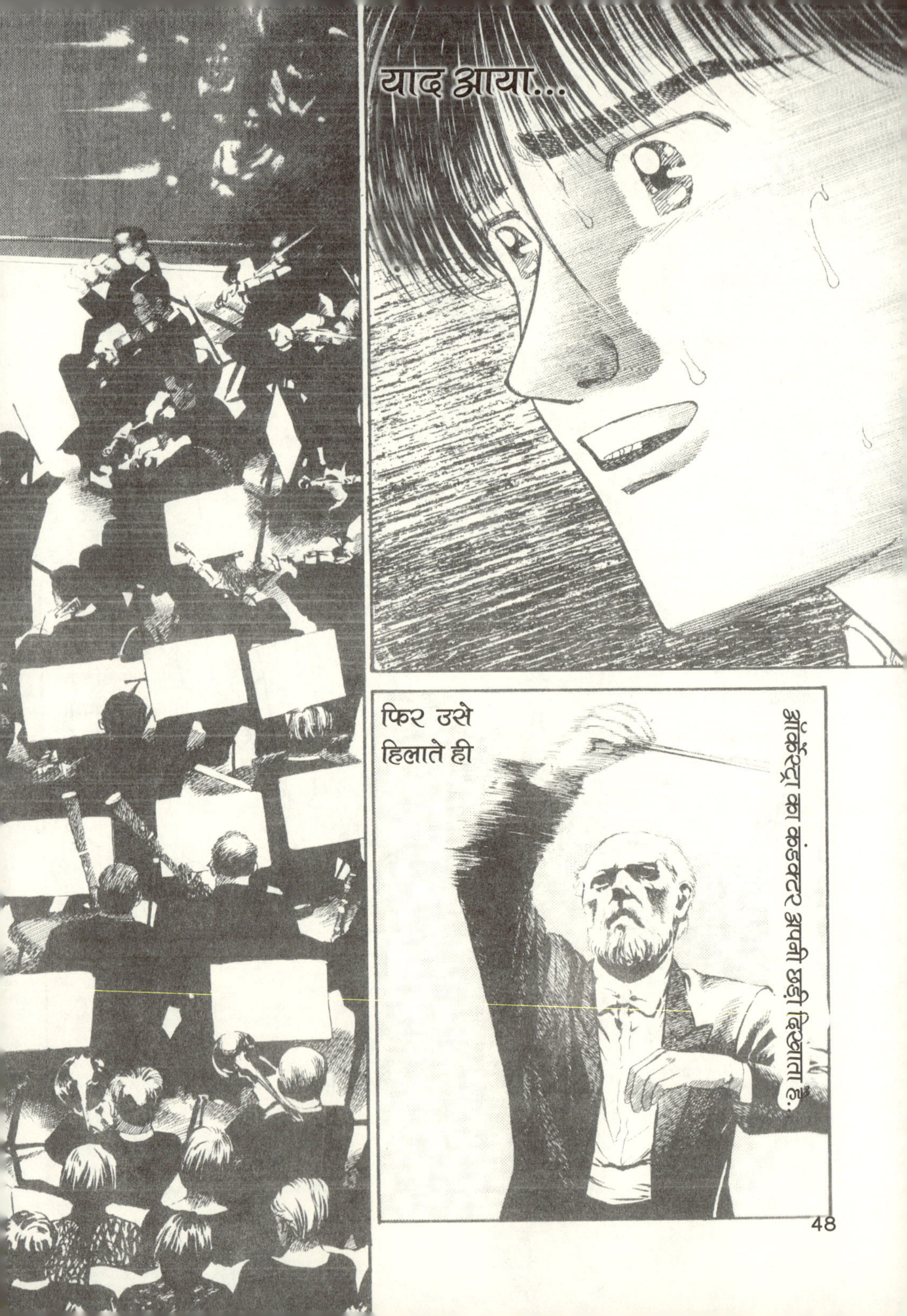
याद आया...
फिर उसे
हिलाते ही
ऑर्केस्ट्रा का कंडक्टर अपनी छड़ी दिखाता है..

स्नेहिल... कोमल
सुन्दर लगने वाली सांकेतिक भाषा...
संगीत शुरू होता है

बधिर बच्चों के मन में...
सांकेतिक भाषा...
संगीत और संवेदना को जागृत करेगी!!

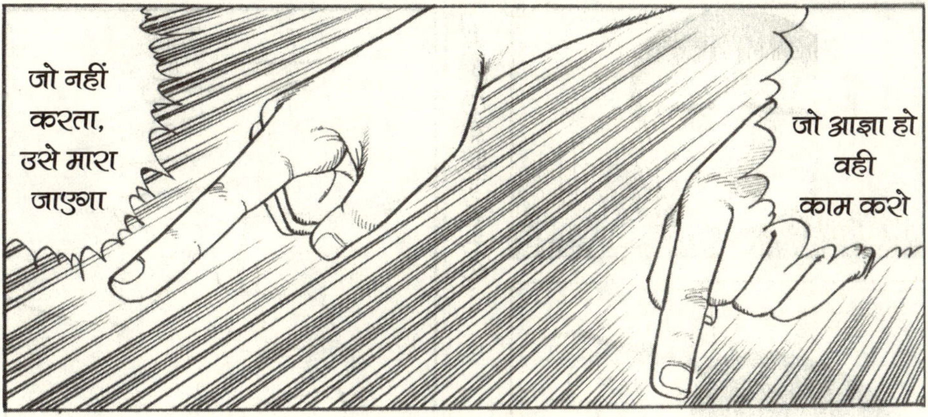

अध्याय बारह : अंजु और जुशिओ/भाग-2

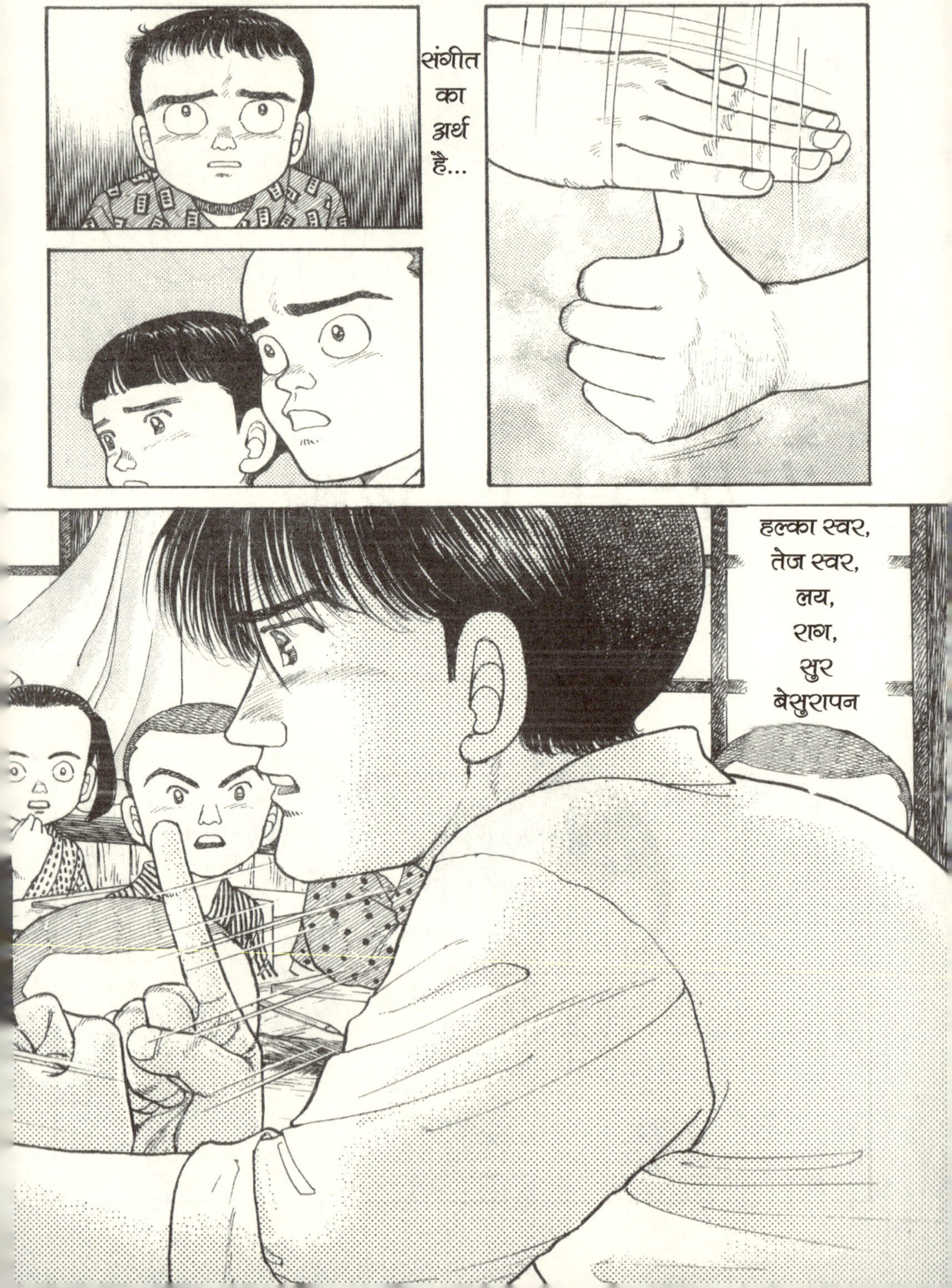
संगीत का अर्थ है...
हल्का स्वर, तेज स्वर, लय, राग, सुर बेसुरापन

वह केवल स्वर ही नहीं होता
बल्कि संगीत विभिन्न भावों को अभिव्यक्त कर श्रोताओं में वही भाव जागृत करता है
संगीत दुख, सुख, प्रेम और घृणा की भावनाओं को भाषाओं से बेहतर ढंग से प्रस्तुत कर सकता है

अगर ऐसा है, तो कहानी भी वही काम कर सकती है
कहानी में अभिव्यक्त दुख और सुख को...
जब संगीत जैसी सांकेतिक भाषा से अभिव्यक्त किया जाए
तब बधिर बच्चों के दिल में ऐसे भावों का उदय होगा, जैसे संगीत को सुनने पर होता है...

“जुशिओ, ध्यान से सुनो”
“वसन्त आयेगा तो तुम यहाँ से भाग कर शहर चले जाओ, पिता जी का पता भी लग जाएगा”
“ऐसे तो एक दिन हम दोनों मर जाएँगे”
न ऐसा मत कहो
यदि हम यहाँ से एक साथ भागेंगे तो दोनों पकड़े जाएँगे, चलो जल्दी!!
नहीं, मुझे तो बहन के साथ ही रहना है!!

मेरी
बहन!!
जुशिओ!!

आकाश में उड़ते पक्षी भी यह नहीं जानते थे कि
इसके बाद ये भाई बहन कभी नहीं मिल सकेंगे
जुशिओ संशोदयू की कोठी से भाग कर गाँव के किनारे मन्दिर में गया
पुजारी को जुशिओ की कथा सुनकर दया आयी और उसने उसे बचा लिया

सुनो जुशिओ...
ध्यान से सुनो...
पुजारी ने कहा
तुम शहर पहुँचने के बाद
हिगशियमा के कियोमिजुदेरा मन्दिर जाओ
और प्रार्थना करो

तुम्हारी बहन...
अब नहीं रही...

तुम्हारे भागने के बाद
बेचारी को पता था...

इसलिए उसने तालाब में कूद कर खुदकुशी कर ली...
उसे मौत से भी ज्यादा दर्दनाक कष्ट मिलेगा...

शहर पहुँचने के बाद जुशिओ कियोमिजुदेरा मन्दिर में गया...
उसने बहन के लिए प्रार्थना की...
और दृढ़ संकल्प लिया कि
वह बहन की आत्मा के साथ माता-पिता को जरूर ढूँढ़ेगा

साँय साँय
साँय साँय
माँ... कहाँ!?
माँ... कहाँ!?

इस्सकु...
इस्सकु...!!
उसके बाद दस साल बीत गये
जुशिओ अफसर बन गये और माँ को ढूँढ़ने के लिए सदो टापू गया।
बहन ने खुदकुशी की, पिता दिवंगत हुए और माँ भी गायब थी

माँ...
माँ
माँ कहाँ होंगी
साँय साँय
तेरी माँ दूर गयी है!!
काम करने दूर गयी है!!

कबाड़ी ने दी थी...
वह पुस्तक...
मुझे पढ़ना नहीं आता था
कहानी समझ में नहीं आयी थी
परन्तु कहानी वाला लड़का बिलकुल मेरे जैसा है
मेरे जैसा ही उसके साथ भी हुआ था!!

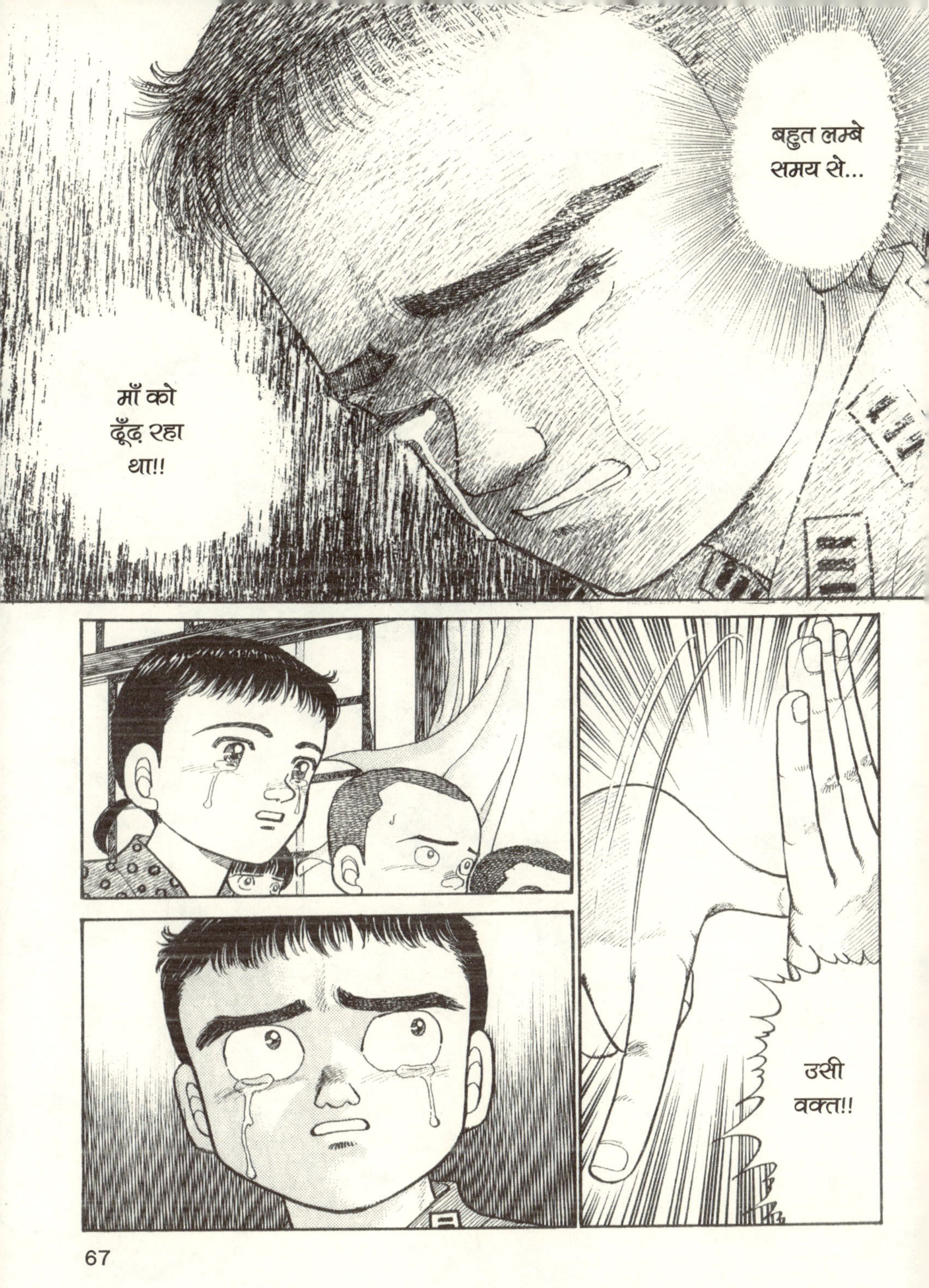
बहुत लम्बे
समय से...
माँ को
ढूँढ़ रहा
था!!
उसी
वक्त!!

जुशिओ को...

हल्की सी आवाज
सुनाई देने लगी

अंजु से
मिलना चाहती हूँ...

जुशिओ से
मिलना चाहती हूँ...

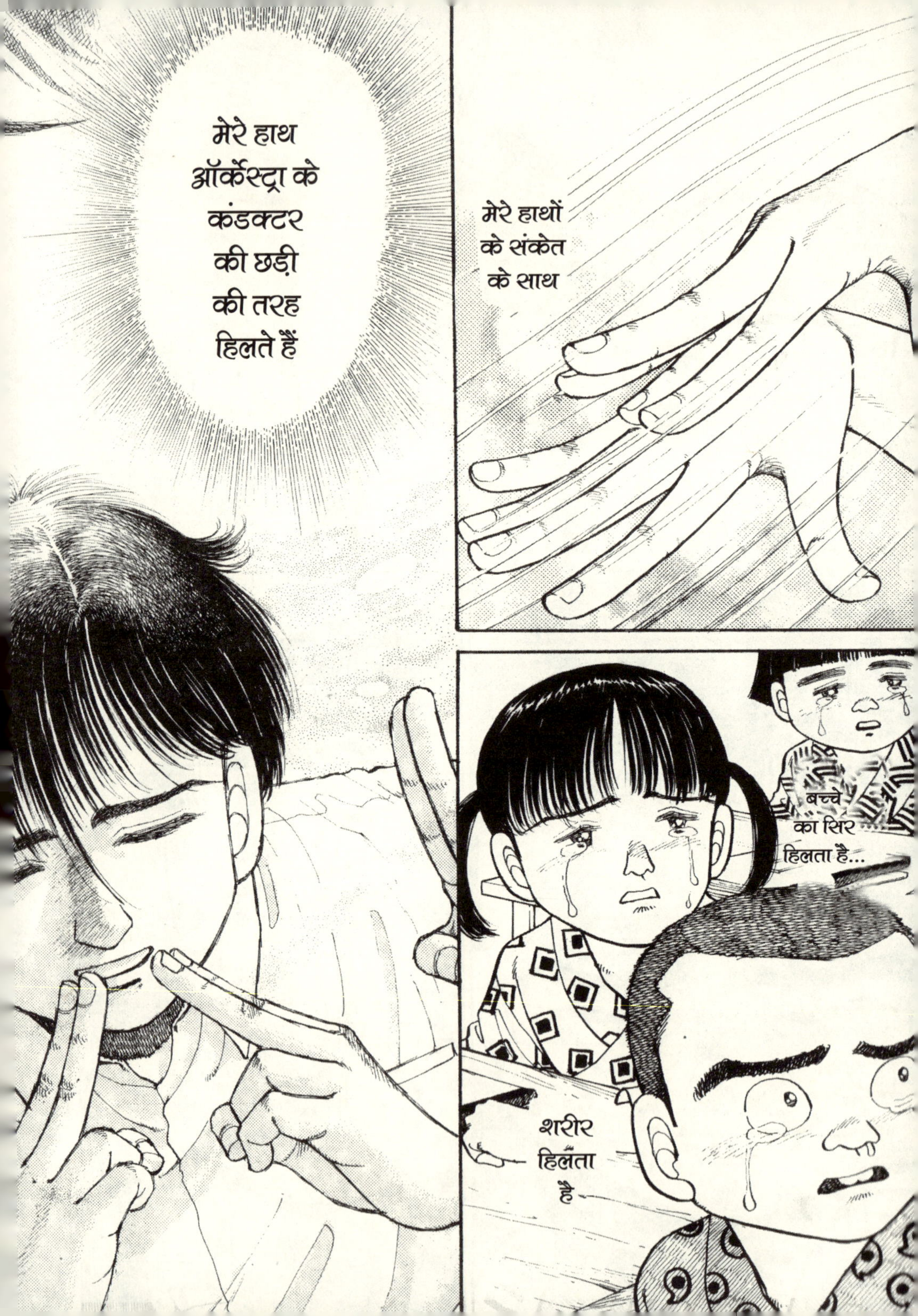
मेरे हाथ ऑर्केस्ट्रा के कंडक्टर की छड़ी की तरह हिलते हैं
मेरे हाथों के संकेत के साथ
बच्चे का सिर हिलता है...
शरीर हिलता है

धीरे धीरे, फिर तेज होकर...
और तेज़!!
और तेज़!!

एक

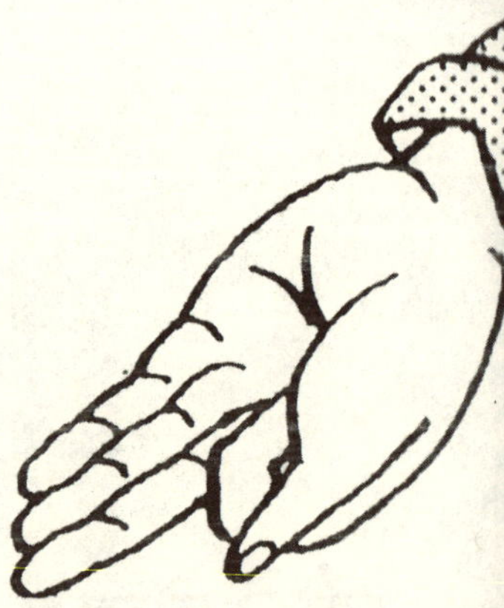

अध्याय तेरह : प्रेम

मेरे हाथों
और बच्चों
के बीच

एक अन्धी
दादी माँ
धीरे-धीरे
बाँस
की डंडी से
चिड़ियों
को भगा
रही थी

संगीत चलने
लगता है...
माता
जी!!

जुशिओ
दौड़
आया!!
धड़ाम
धड़ाम
इस्सकु!!

ओ...
जुशिओ...
माँ की आँखों में आँसू भर आये...
फिर उसकी आँखें खुल गयीं

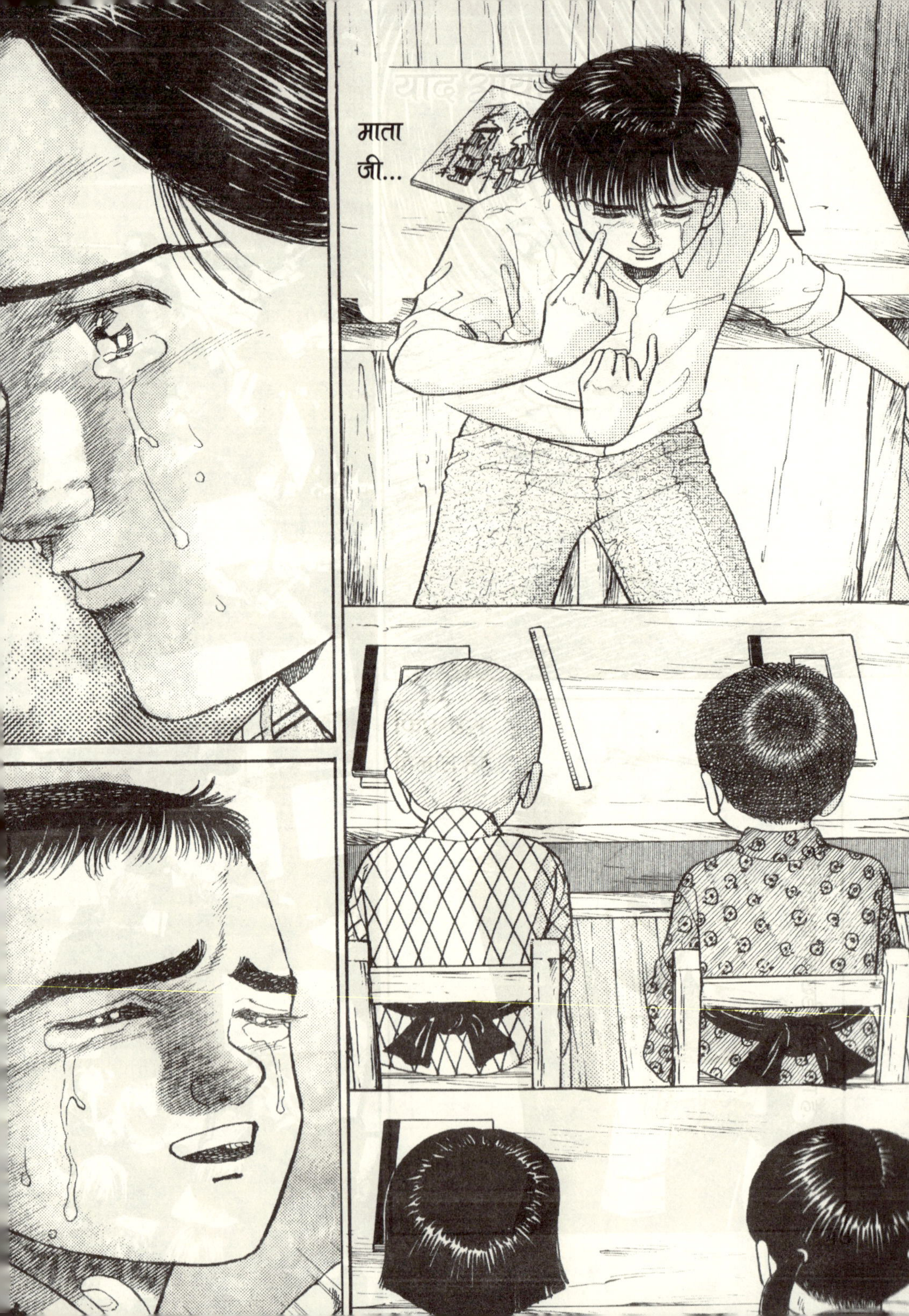
माता
जी...

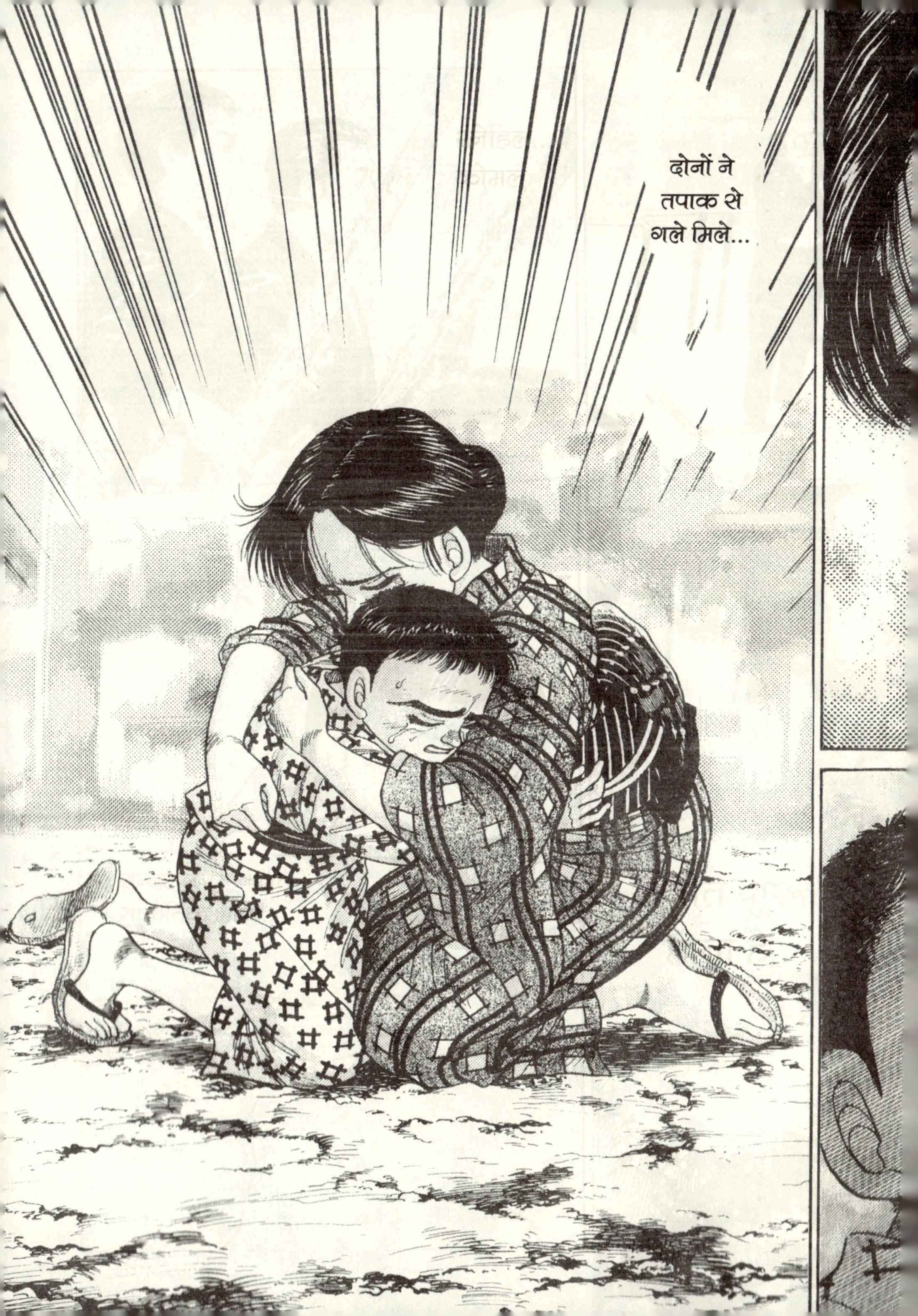
दोनों ने
तपाक से
गले मिले...

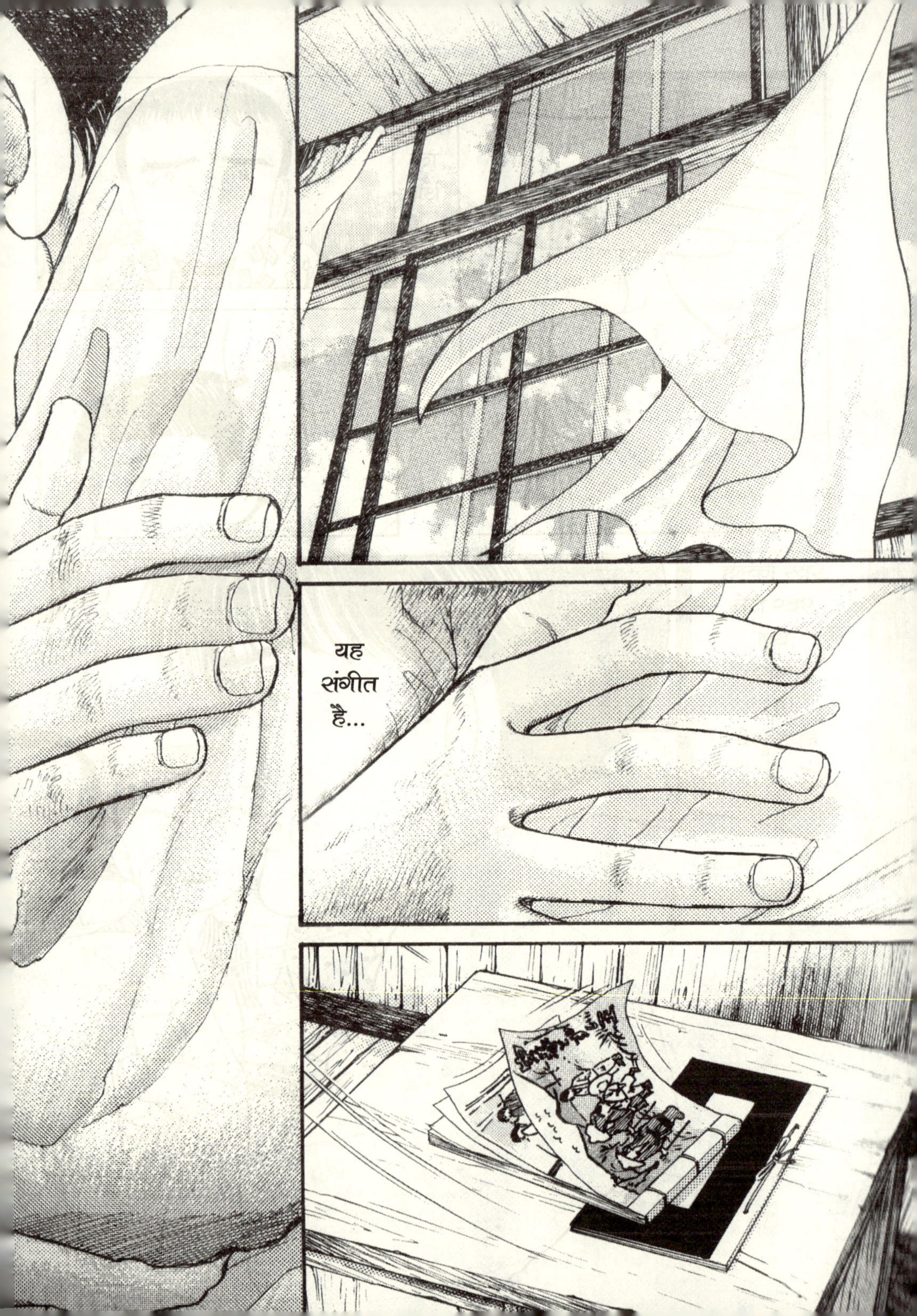
यह संगीत है...

यह सांकेतिक भाषा ही संगीत थी!!

चर चर
सर...

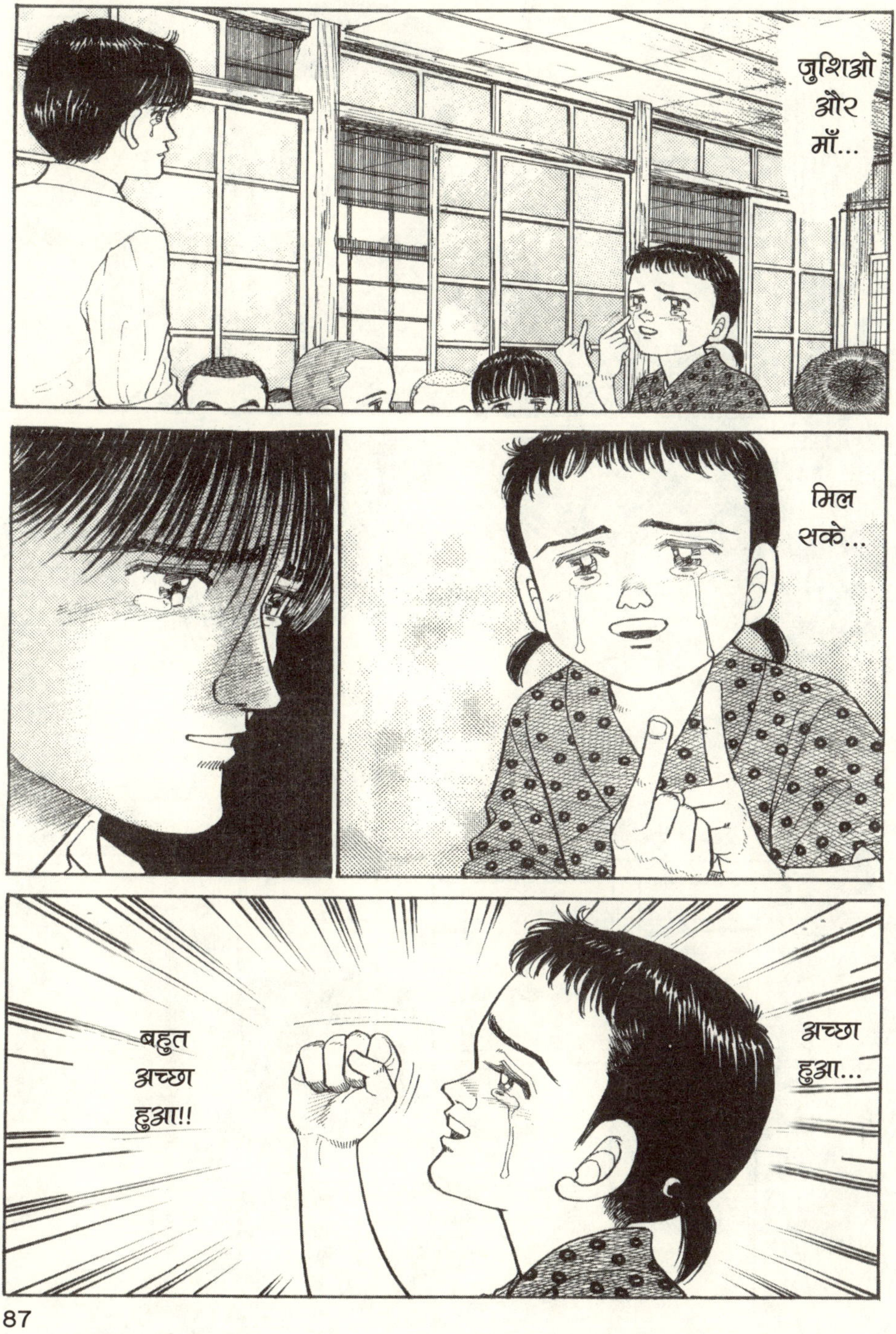
जुशिओ और माँ...
मिल सके...
अच्छा हुआ...
बहुत अच्छा हुआ!!

अ...
अ...
अ
अ...
अ
अ
अ...

अ
अ...
उ
उ

संगीत को सुना...

इन बच्चों ने संगीत को सुना...!!

कुछ दिन बाद...
मैंने फुकुदा सर से बात की और शाम को हम माता-पिताओं को सांकेतिक भाषा सिखाने लगे

एक दूसरे को समझने के लिए केवल बच्चों को ही नहीं, बल्कि माता-पिता को भी सांकेतिक भाषा आना जरूरी है
इस प्रकार सुबह उठने का संकेत करने के बाद
अँगलियों से नमस्कार करने का संकेत करेंगे
अब हम एक साथ करेंगे
इसका मतलब है, "गुड मॉर्निग"
"गुड मॉर्निग"
"गुड मॉर्निग"

ऊऊ
उसके बाद...
ठीक वैसे ही, चेहरे पर घड़ी का बारह बजे बनाएँगे...
सर...मुझे नहीं पता था...
क्या हुआ, साकाता जी
ऊ
ऊ
मेरा पोता सुबह मुझ से मिलने पर वैसा किया करता था
पर मजाक समझ कर मैंने उसे डाँटा...
उस पर हाथ भी चलाया...

सर... इसका मतलब क्या है!?
इसका अर्थ है "प्यार करना"
"पसन्द है"...
चर चर
ガタ
यह क्या है!?

बच्चे आप से बात करना चाहते थे
मैं मानती थी कि बच्चे मूक हैं...
बात करने से क्या फायदा...
हम ही छोड़ देते थे और खीझ जाते थे...
मैंने बहुत डाँटा और पीटा, फिर भी
फिर भी बच्चों ने हमें माफ किया और हमें चाहा...
सांकेतिक भाषा द्वारा हमारे साथ बात करना चाहते थे...

गुड मॉर्निंग
नमस्कार
हा हा हा
ははは!
हा हा हा
あはは
पसन्द है...
प्यार करता हूँ...

二

दो

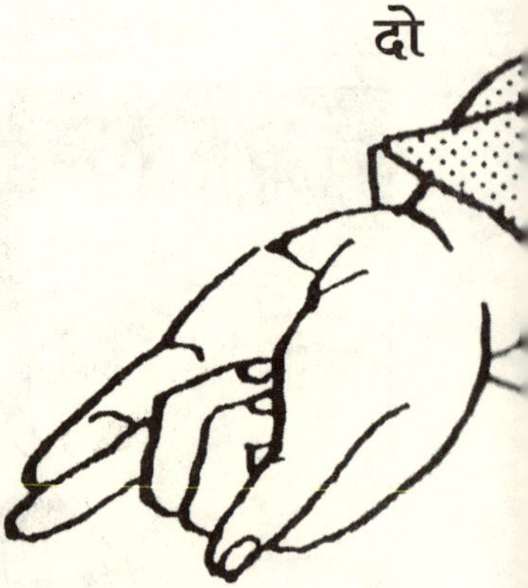

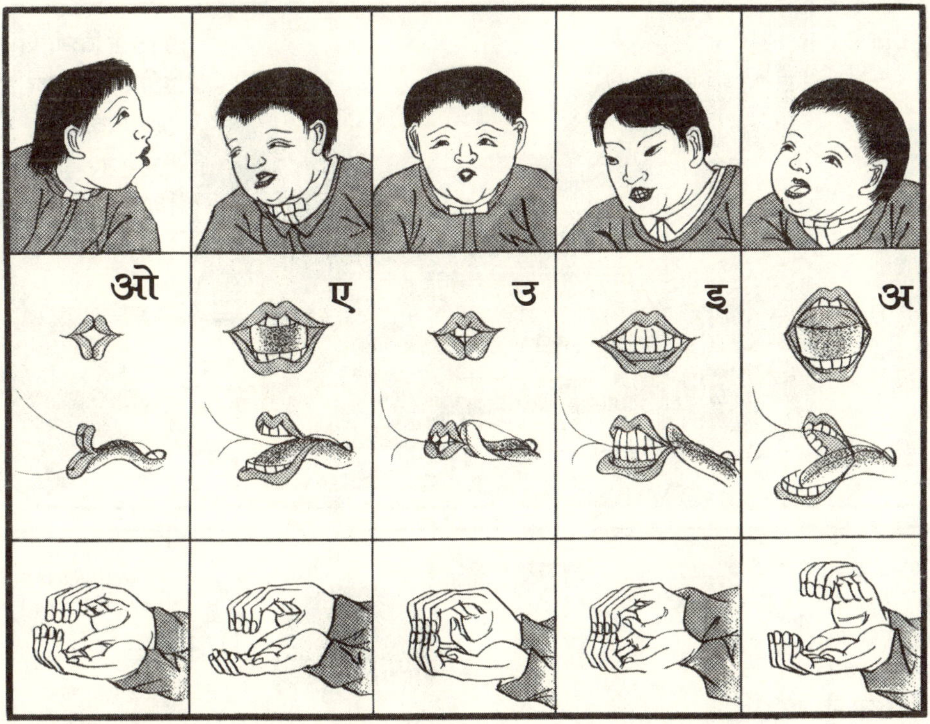

अध्याय चौदह : मौखिक प्रणाली

1915 में कियोशि द्वितीय कक्षा का अध्यापक बना और उसका शिक्षक जीवन शुरू हुआ
सांकेतिक भाषा में छात्रों की शब्दावली बढ़ने लगी, अक्षर सिखाने के बाद लिखित भाषा और सांकेतिक भाषा के माध्यम से उन्हें शब्द सिखाना शुरू किया गया
गाय
शब्द के बाद वाक्य सिखाया, इस प्रकार छात्रों ने जापानी भाषा को अपनाया
इस शिक्षा प्रणाली को 'सांकेतिक भाषा विधि' कहते हैं, यह इस युग की बधिर शिक्षा की मुख्य धारा थी
बन्दर
कुत्ता
गाय

दौड़ना
はしる
चलना
あるく
जैसे बच्चे कान से सुनकर स्वर की भाषा अपनाते हैं, वैसे बधिर बच्चे आँखों से देखकर सांकेतिक भाषा अपनाते हैं
बधिर बच्चे को एक सम्पन्न व्यक्ति बनाने के लिए सांकेतिक भाषा का सम्पन्न होना जरूरी है, जिस भाषा से बधिर बच्चा सब से पहले रूबरू होती है
सांकेतिक भाषा के शोध और उन्नति के लिए प्रयास करते थे
यही ओसाका अन्ध मूक विद्यालय का विचार था, इसलिए कियोशि, फुकुदा और अन्य अध्यापक

*क्योतो चिकित्सा विश्वविद्यालय

शाबाश हामाको, अब हो गया
अ
सब हो गया है
धड़ाक
डॉक्टर
अक
अक
जैसे आपकी चिन्ता थी... परन्तु वह मन्दबुद्धि नहीं है
मगर...
वह तीन साल की है, पर अभी तक नहीं बोल पाती
आपकी बेटी को कुछ सुनाई नहीं देता
कई तरह की जाँच की हैं...

अफसोस की बात है, पर बधिर स्कूल में भेजना पड़ेगा...
रिकॉर्ड...
मेडिकल रिकॉर्ड देख सकता हूँ...?
जर्मन में लिखा है
अंग्रेजी और जर्मन थोड़ा बहुत आती है
अरे आप...
यह...कैसे

हामाको का
जन्म चिमटी
(फोर्सेप्स)
पद्धति से
हुआ था
जी...
प्रसव में
चिमटी
को उसके
सिर पर
लगाने से
कानों के पर्दे
दब गये,
इसलिए
वह बधिर
हो गयी...
छम छम

ही
ही
आह
आह
मत रोना, हामाको की माँ
छम छम छम
रोओ मत...

क्योतो अन्धा मूक विद्यालय
देखिए, वह इशारे...यानी सांकेतिक भाषा है
सांकेतिक भाषा के जरिए जापानी भाषा का पढ़ना-लिखना सिखाया जाता है
मूक की कक्षा और स्कूल को देखकर किचिनोसुके को कष्ट हुआ

सांकेतिक भाषा...सांकेतिक भाषा...
बच्चे सिर्फ सांकेतिक भाषा से बात करते हैं
पर समाज इनको कैसे स्वीकार करेगा
समाज में लोगों को सांकेतिक भाषा नहीं आती
उनके साथ लिखकर बात करने की कड़ी मेहनत लोग नहीं करेंगे, वैसे ही बधिर-मूकों का जीवन अकेला और उदास होता चला जाएगा
इतना ही नहीं
बधिर मूक को सांकेतिक भाषा में बात करते देख कर लोग दीन, दुर्बल और विकलांग के रूप में उनसे भेदभाव करेंगे
मैं अपनी प्यारी बेटी हामाको को ऐसे अपमान से नहीं गुजरने दूँगा

* विज़िबल स्पीच की पद्धति में तस्वीर के साथ बधिर बच्चों को उच्चारण सिखाया जाता है, जिस तस्वीर में प्रत्येक स्वरों के उच्चारण के साथ बनने वाले मुँह का आकार अंकित किया जाता है। उदाहरणार्थ पृष्ठ 99 को देखें।

क
मसाओ, क बोलो
"क" का उच्चारण... सब से मुश्किल है
आ
मुँह बड़ा खोलो
नहीं, अ नहीं, क बोलो
अ...
अ...
ऐसे बोलना है, नहीं भूलना
क...
गा
गले के अन्दर से आवाज निकालो
का...
जीभ नीचे करो...
अब बोलो!
क!!

अ ह
अह ह ख
शाबाश, बहुत अच्छा बोला
रोने की जरूरत नहीं
विज़िबल स्पीच को अपनाने में बहुत समय लगता है
“क” के उच्चारण की कक्षा एक महीने से चल रही है
“अ”, “आ” से शुरू करके पूरे शब्दों का उच्चारण आने तक
काफी समय और मेहनत लगानी पड़ती है
जो जन्म से बधिर नहीं हैं या जिनको थोड़ा बहुत सुनाई देता है, वे किसी तरह विज़िबल स्पीच को अपना सकते हैं
पर जन्मजात बधिर बच्चे के लिए बहुत मुश्किल है क्योंकि उसने तो कभी शब्द नहीं सुने हैं

श्री बेल बधिर शिक्षा का अध्यापक भी थे और उनकी पत्नी बधिर थी
जो ग्राहम बेल फोन के आविष्कार के लिए मशहूर हैं, उनके पिता ने ही विज़िबल स्पीच का आविष्कार किया था
उनकी पत्नी ने विज़िबल स्पीच के विकसित रूप मौखिक प्रणाली को अपनाया, वे बोलने और ओष्ठ पठन में इतनी कुशल थी कि सांकेतिक भाषा की जरूरत ही नहीं थी
सांकेतिक भाषा के बिना वे बोल सकती थी...?
आपके स्कूल में उस तरह की शिक्षा क्यों नहीं की जाती!?
क्यों!?
कर तो रहे हैं हम...
हमारे स्कूल के दो-तीन अध्यापक शोध कर रहे हैं

फिर भी यह इतना आसान काम नहीं है
लेकिन अमरीका में तो
अमरीका जापान से अलग है
उसका अपना इतिहास और अपना समाज है
मैं हामाको का पिता हूँ
बधिर बच्चा और उसके माता-पिता चुपचाप बैठे नहीं रह सकते!!
साँय

उस दिन किचिनोसुके स्कूल के पुस्तकालय से अमरीकी बधिर शिक्षा पत्रिका 'वोल्टा रिवियू' को ले आया
उसने पत्रिका में ''मौखिक शिक्षा की दूर शिक्षा'' का विज्ञापन देखा और अमरीका से पूरी सामग्री माँग ली
वे विदेशी भाषा में माहिर थे, जर्मनी से भी सामग्री मांग कर मौखिक भाषा के अध्ययन में लीन हो गये
Volta Bureau
ऐसा नहीं है कि जिसे सुनाई नहीं देता, वह नहीं बोल सकता...

सुनने की नहीं, बल्कि बोलने की क्षमता उनके पास है
अभ्यास के जरिए इन बच्चों को भी बोलना आयेगा!!
1921, नागोया शहर
अ...
नागोया अन्ध मूक स्कूल में हाशिमुरा तोकुइचि मौखिक भाषा सिखा रहा था

हाशिमुरा को कड़वा अनुभव हुआ
अ...
व...
अ...
कुछ साल पहले की बात है... छात्र का रोजगार ढूँढ़ने एक कम्पनी गया
यह लड़का पढ़ाई में अच्छा है और इसे चार्ट पर मॉडल बनाना भी अच्छा आता है
उसको नौकरी दे दीजिएगा
बात ठीक है, पर
बधिर-मूक के साथ हम क्या करें
इसको पढ़ना लिखना आता है, आप लिखकर बात कर सकते हैं

हम बधिर-मूक को रोजगार दें, दुनिया क्या कहेगी...
हू हू
लिखकर बात करने की किसको फुरसत है
हाशिमुरा कई साल से उस छात्र की देखभाल करते थे
सांकेतिक भाषा से कोई फायदा नहीं
आवाज... बोलना सिखाना है, वरना बच्चे सदा बदकिस्मत रहेंगे
सिर्फ बधिर-मूक होने की वजह से वही छात्र समाज से एकदम नकारा गया

लोगों ने हाशिमुरा की हँसी उड़ायी कि मूक को बोलना सिखा रहा है। उसे झूठा कहा, और उसकी बदनामी भी की
हाशिमुरा का साथ देने वाला कोई नहीं था, वह अकेला मौखिक प्रणाली का अध्ययन करता रहा
अ
इ
उ
ए
ओ
1920 में
किचिनोसुके ने हामाको की शिक्षा शुरू की

उसने हामाको के कान के पास 'अ' का उच्चारण किया और अपने मुँह को शीशे में दिखाया
हामाको का कान हल्का स्पन्दन महसूस करता है और शीशे में पिता के मुँह को देखकर उसकी नकल करते हुए बोलने की कोशिश करती है
परन्तु आवाज नहीं निकलती
हा हा
सिर्फ मुँह से हवा ही निकलती है
हामाको, मेरे सीने पर हाथ रखो
आ
आ
देखो, आवाज के साथ सीना काँप रहा है न!?

आ
आ
अपने सीने पर हाथ रखो!!
सीना ऐसे काँपना चाहिए!!
हा हा
...अ...
आ
आ

शाबाश हामाको!!
और एक बार!!
अ...
अअ...

शाबाश हामाको!!
तुम्हारे पास आवाज है
निशिकावा किचिनोसुके, हाशिमुरा तोकुईचि
कावामोतो उनोसुके पाश्चात्य देशों में मौखिक प्रणाली सीखकर चार साल बाद वापस आया, इन तीन विद्वानों की योगदान से बधिर शिक्षा की मुख्य धारा सांकेतिक भाषा से मौखिक भाषा की ओर बदलने लगी
तुम बोल सकती हो!!

अध्याय पन्द्रह : चावल

*नाई की दुकान

*चावल की दुकान

देखो भाई, यहाँ चावल बिलकुल नहीं है
हमें तो बेचना ही है, लेकिन हमारे पास स्टॉक नहीं है
पिछले महीने में चावल 25 सेन का था, क्यों एक महीने में दुगुना हो जाता है?
हमें बेवकूफ मत समझो!!
अरे!!
खचड़ खचड़
अरे, ताकाहाशि सर का बाल देखो

यह... शाम के खाने के लिए
चावल महँगा है, नहीं ले सकता
हाँ...
बाल कटवाये है, सर ने?
खूबसूरत!!
शहर में हलचल मच रही है
बहुत बढ़िया कद्दू है
अरे, सर के जेब खर्च से
तब तो मैं भी भीड़ में शामिल हो जाऊँगी
कलयुग है, चावल भी खाने को नहीं मिल रहा
चावल की दुकान में भीड़ बढ़ गयी, दंगा शुरू हो सकता है
लोग कहते हैं कि शायद सेना भी आये

हॉस्टल में दो महीने से रोज शकरकंद की खिचड़ी दी जाती रही
देश भर में चावल की कमी होने से उसका दाम बढ़ रहा है
स्कूल का बजट कम है, इसलिए चावल नहीं खरीद सकेंगे
सर... चावल की कमी क्यों हुई है?
क्या फसल अच्छी नहीं हुई?
सिर्फ हम लोग ही नहीं, पर देश के सब लोग मुसीबत में हैं
हमें धीरज रखना होगा...

सेना साइबेरिया जाने वाली है
फिर से युद्ध शुरू हो सकता है
हाँ... मुझे भी ठीक से नहीं मालूम है
साइबेरिया
तब के लिए चावल बचा कर रखना है
ठक
झूठ है!!
सर झूठ बोल रहे हैं!!
सब लोग मेरी बात सुनो!!
असल में चावल है!!

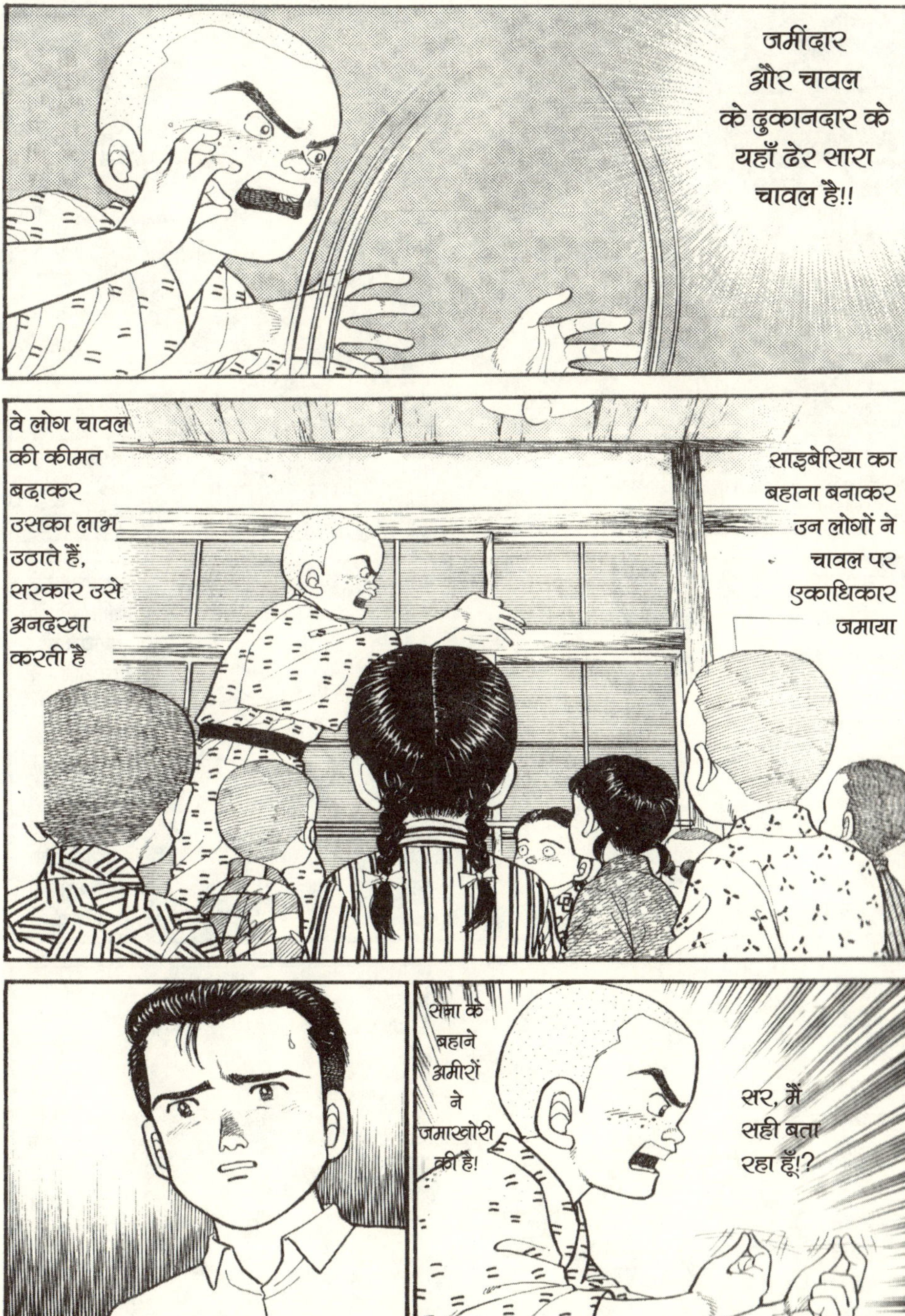

जमींदार और चावल के दुकानदार के यहाँ ढेर सारा चावल है!!
साइबेरिया का बहाना बनाकर उन लोगों ने चावल पर एकाधिकार जमाया
वे लोग चावल की कीमत बढ़ाकर उसका लाभ उठाते हैं, सरकार उसे अनदेखा करती है
सर, मैं सही बता रहा हूँ!?
सेना के बहाने अमीरों ने जमाखोरी की है!

सेना को साइबेरिया भेजने से ठीक पहले 23 जुलाई को तोयामा जिले में चावल आन्दोलन घटित हुआ

नागरिकों ने जमींदारों और चावल के दुकानदार के पास और कार्यालय में जाकर चावल के कीमत में कटौती और गरीबों की सहायता की माँग की
अनायास ही यह आन्दोलन शुरू हुआ और देश भर के बड़े शहरों में फैलने लगा

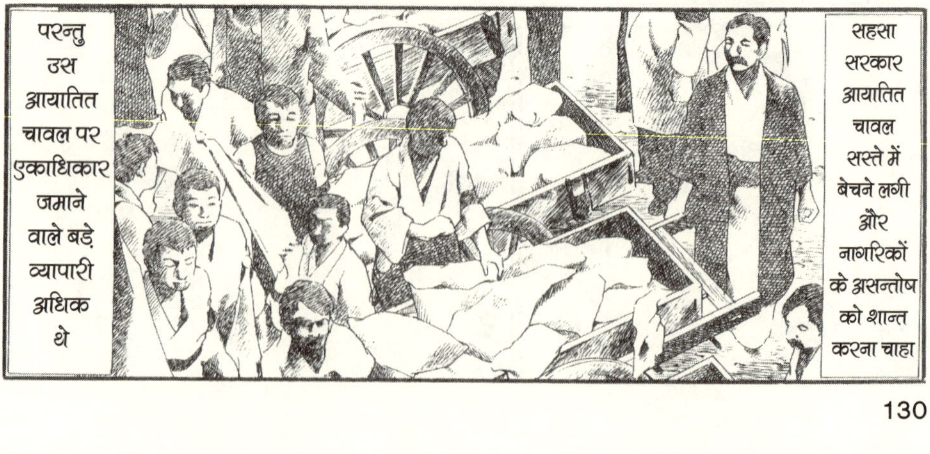
सहसा सरकार आयातित चावल सस्ते में बेचने लगी और नागरिकों के असन्तोष को शान्त करना चाहा
परन्तु उस आयातित चावल पर एकाधिकार जमाने वाले बड़े व्यापारी अधिक थे

हॉस्टल के बच्चों को आलू या कद्दू जैसे आधा पेट खाना ही मिल रहा था
ऐसे नहीं कहना चाहिए
किसी के पास टिफिन ही नहीं है
अब आलू नहीं देखना मुझे
फिर आलू...
ऐसे भी बहुत बच्चे थे जो गरीबी के कारण स्कूल नहीं आ सके
जो बच्चे टिफिन नहीं ला सकते, वे दोपहर के भोजन के समय चुपचाप कक्षा से बाहर चले जाते

कुछ बच्चे कक्षा में उदास होकर आलू, मैदे का लड्डू, खिचड़ी आदि खाते थे
शुक्रिया
कल क्या खाया?
अच्छा लगा?
हाँ!!

फिर हम सब रजाई ओढ़कर जल्दी सो गये, जागते हैं तो भूख लगेगी
खीरा खा कर पानी पिया...
पर बहन और काम करेंगी और पैसे का इन्तजाम हो जाएगा
चले जाओ?
मकान मालिक ने बताया कि इस महीने का किराया नहीं देना तो चले जाओ
पुलिस और सैनिक अमीरों के साथ हैं
तोयामा जिले के चावल आन्दोलन में उसने चावल व्यापारियों की रक्षा की, वंचित लोगों को पकड़कर जेल में डाल दिया
कल मेरी बहन कह रही थी

कल बड़ी कक्षा वाले कवादा जी भी वही कह रहे थे
चावल व्यापारी सरकार से साँठ गाँठ कर पैसा कमा रहा है
तुम्हें पता है?
रूस में भी आन्दोलन हो रहा है
रूस में भी चावल की कमी है?
नहीं, ऐसा नहीं है
रूस में किसान, कारीगर और गरीब लोगों ने राजा से युद्ध किया और देश को बचाया
राजा को भगाया और अपना देश बनाया
ऐसा हो सकता है?
बड़ी बहन ने बताया है

चावल आन्दोलन का विस्तार होता रहेगा तो...
जापान में भी रूस की तरह क्रान्ति हो जाएगी...
तो क्या जापान भी...!?

यामादा जमींदार का बेटा है, घर में बहुत सारा चावल होगा
बदतमीज!!
यामादा, क्या कर दिया...
चावल आन्दोलन से जमाखोरों को खत्म करना चाहिए!!
जापान भी रूस जैसा बन जाए तो अच्छा है!!

10 अगस्त को क्योतो शहर में बड़ी क्रान्ति हुई
जनता ने चावल की दुकान और बड़े जमीदारों के कार्यालयों में आग लगा दी जिन्होंने चावल के दामों की कटौती को स्वीकार नहीं किया
ゴロゴロ
घड़ घड़
आखिरकार सरकार ने सेना भेज कर आन्दोलन का दमन किया
नागरिकों ने बाँस भाला दल का संगठन कर शहर में सैनिकों का सामना किया

छर छर
सफेद चावल!!
चावल!!
हाँ!!
आज रात को लकड़ी की दुकान के पीछे मिलेंगे
बहुत दिनों बाद पेट भर कर खाएँगे
यामादा, किसी को नहीं बताना, समझा
कल भी ले कर आना है!!
अब मुझे माफ करो
चोरों जैसा काम नहीं करना चाहता

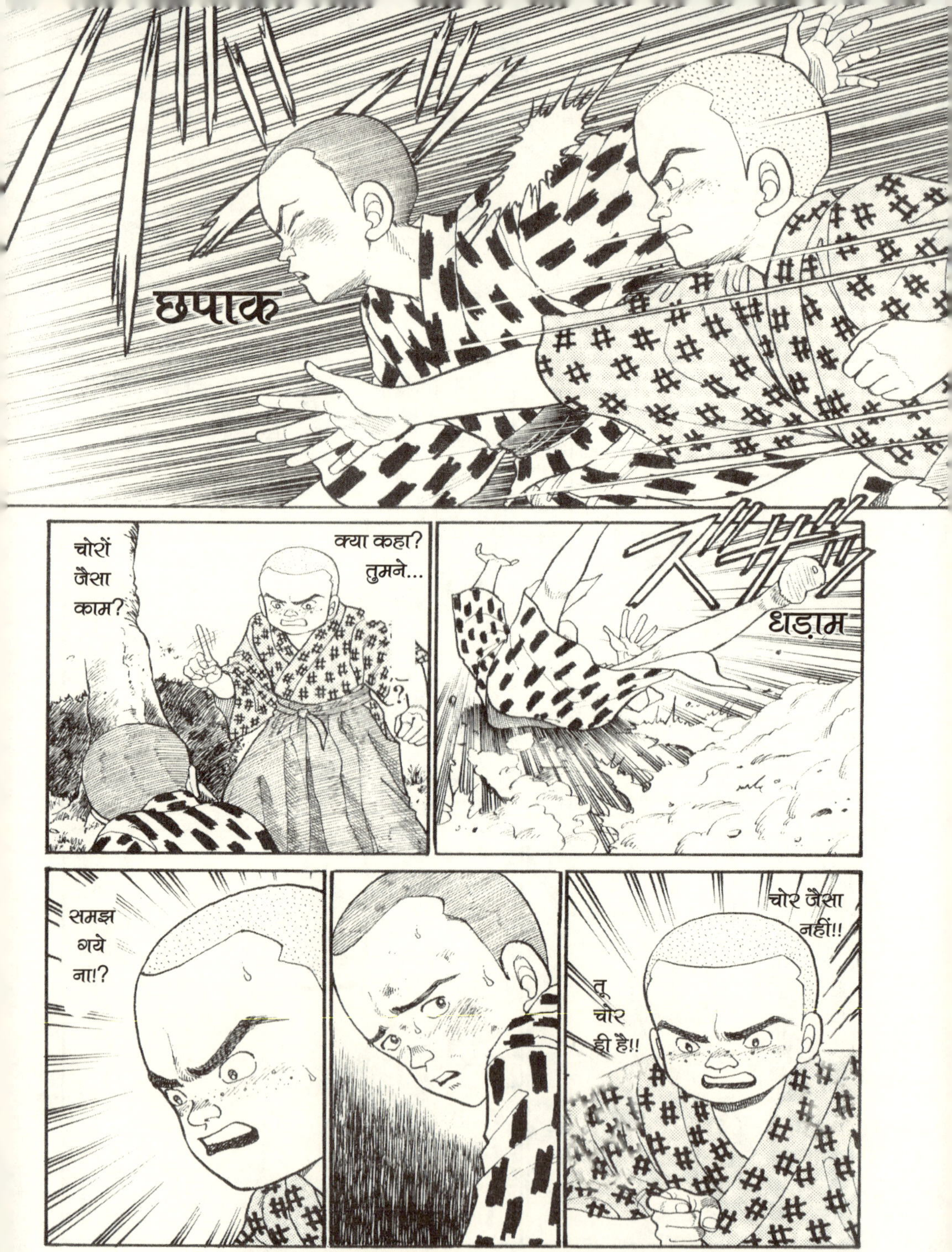
छपाक
चोरों जैसा काम?
क्या कहा? तुमने...
धड़ाम
समझ गये ना!?
चोर जैसा नहीं!!
तू चोर ही है!!

समझ में नहीं आता, तो अपने बाप से पूछो
फिर भी नहीं समझे, तो अपने गोदाम को देखो
वहाँ चावल का ढेर मिलेगा
उस चावल को किसने बनाया!?
छपाक
बताओ, यामादा!!
कि... किसानों ने...
यदि किसान 10 बोरे चावल पैदा करता है तो जमींदार उनमें से 6 बोरे लेगा

भूसे से चप्पल बनती है और मजदूर भी अलग से!!
खाना बचाने के लिए किसान के बच्चे बाहर मजदूरी के लिए भेजे जाते हैं
हम किसानों के घर में 4 बोरे और सिर्फ भूसा बचेगा
घर में खाना खत्म हो गया, तो 25 सेन प्रति किलो का चावल खरीदना पड़ेगा!!
तुम जमींदारों की वजह से अब 50 सेन प्रति किलो का हो गया!!
फिर भी तुम लोग चावल गोदाम में छुपा कर रखते हो, और दाम बढ़ने के इन्तजार में!!
यह चोरी नहीं तो और क्या है!!

कल भी चावल ले आना, यामादा
नहीं!!
अब नहीं करूँगा!!
क्या कहा!!
छपाक
दुशम
इसे और मारो!!
दुशम
धम

क्या हुआ, कावादा
छोड़ो, इस्सकु यामादा का दोस्त है
वह ताकाहाशि सर का प्रिय शिष्य है
कुछ नहीं
उसके घर में जो चावल रखा हुआ था, उसे हमने वापस ले लिया
पता है कि सर ने क्या कहा?
सेना को साइबेरिया जाना है, चावल बचा कर रखना है

इस्सकु, ध्यान से सुनो
सरकारी अफसर भी यही कहता है
हा हा हा
आखिरकार अफसर, जमींदार और चावल के दुकानदार की ओर उसकी सहानुभूति है
ऐसा नहीं है कि शिक्षक हमेशा हमारे साथ होगा
जब आलू और कद्दू भी खाने को नहीं मिल जायेगा
तब पता चलेगा
नहीं!!
ताकाहाशि सर ऐसे नहीं!!

सुपुड़
सुपुड़
ऊ
ऊ

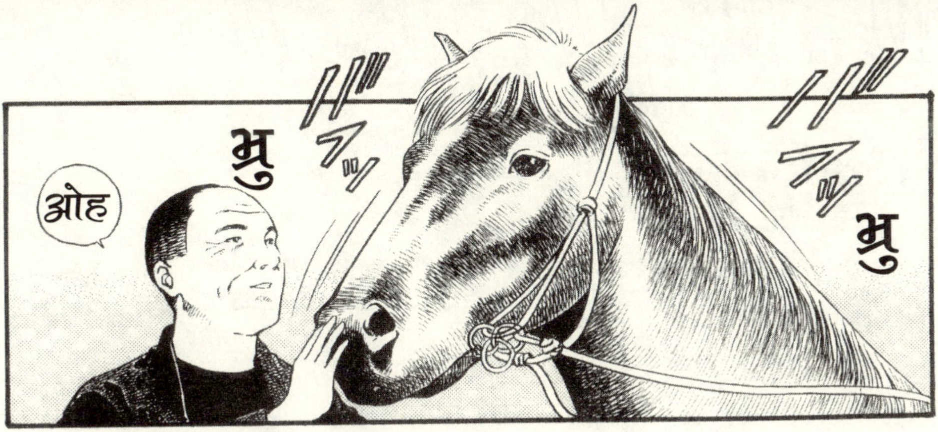

अध्याय सोलह : चियो

ゴゴゴゴ.....
खार र र

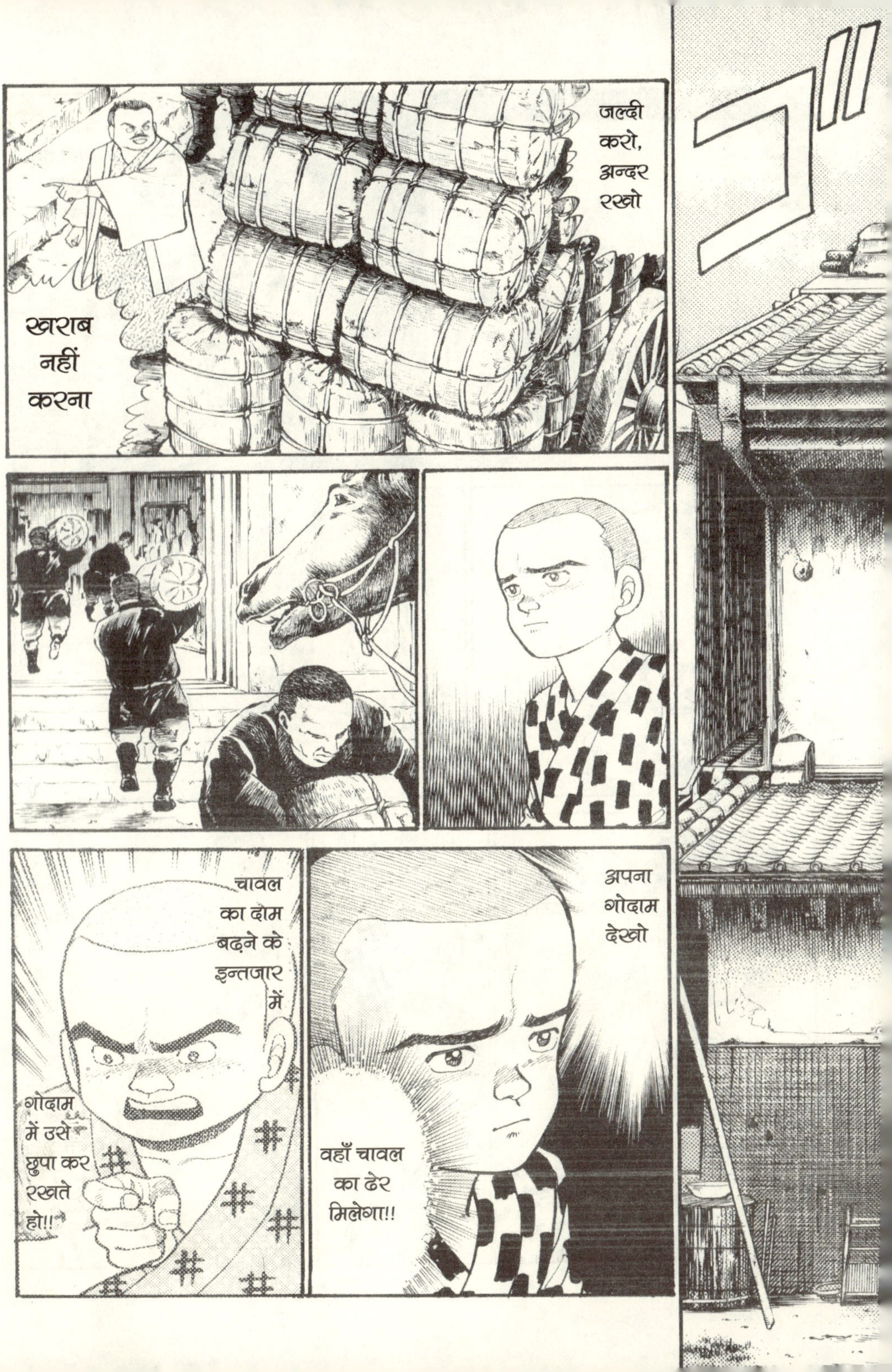
ゴ
जल्दी करो, अन्दर रखो
खराब नहीं करना
अपना गोदाम देखो
वहाँ चावल का ढेर मिलेगा!!
चावल का दाम बढ़ने के इन्तजार में
गोदाम में उसे छुपा कर रखते हो!!

वह चोरी नहीं तो और क्या है!!
काजुओ, इधर क्या कर रहे हो?
माँ...
क्यों अपने घर में इतना चावल है?
स्कूल के दोस्तों के पास खाने को चावल नहीं है, वे आलू और कद्दू खाते हैं...
बेटा, तुम क्या बात कर रहे हो
हा हा हा
तुम्हारे पिता जी बड़े आदमी हैं
इसलिए तुम्हें भूखा नहीं मरना पड़ता

पिताजी का शुक्रगुजार होना चाहिए
ठीक है?
गुड
गुड
चावल अब पक गया!!
वाह! चावल है
कैसी सुन्दर खुशबू है!!
वाह!!
इस्सकु को ले आया...

मैं यहाँ रखवाली करता हूँ, तुम लोग पहले खा लो
नमक ले आया हूँ, राइस बॉल बनाएँगे
मैं भी!!
देखो इस्सकु, सफेद चावल है
हू
हू
तुम को भी खिलाता हूँ
तुमने सर को यामादा के बारे में नहीं बताया... शाबाश

मैं... जाता हूँ
ठहरो
शू
छोड़ दीजिए!!
आप लोग गलत हैं!!
यामादा के परिवार और ताकाहाशि सर की क्यों बुराई कर रहे हैं, तुम्हें तो सिर्फ चावल से मतलब है!!
तुम्हारी चोरी भी तो जमींदार के समान है!!
बकवास!!
ढुशम

तुम कहते हो कि हम चोर हैं!?
बिलकुल!!
तुम लोग चोर हो!!
छपाक
चल बे बकवास करता है!!
दुशम
दुशम
अरे रुको!!
नाइट शिफ्ट के सर आये!!

कौन है!!
उधर क्या कर रहा है!!
हम दोनों चावल के बर्तन ले जाते हैं!!
कावादा, राइस बॉल तुम ले जाओ!!
रुको!!
तुम रुको!!
वहाँ इस्सकु और कावादा हैं क्या!!
बस मैंने देख लिया, बेकार मत भागो!!
इस्सकु, जल्दी!!

लकड़ी के बुरादे में आग लग गयी...!!
अ अ!!
!!
सुनो... कोई इधर आओ!!
ओहो!!
ओ!
ओ!
हाँफ
हाँफ
हाँफ
हाँफ
हाँफ
हाँफ
हाँफ
हाँफ
हाँफ

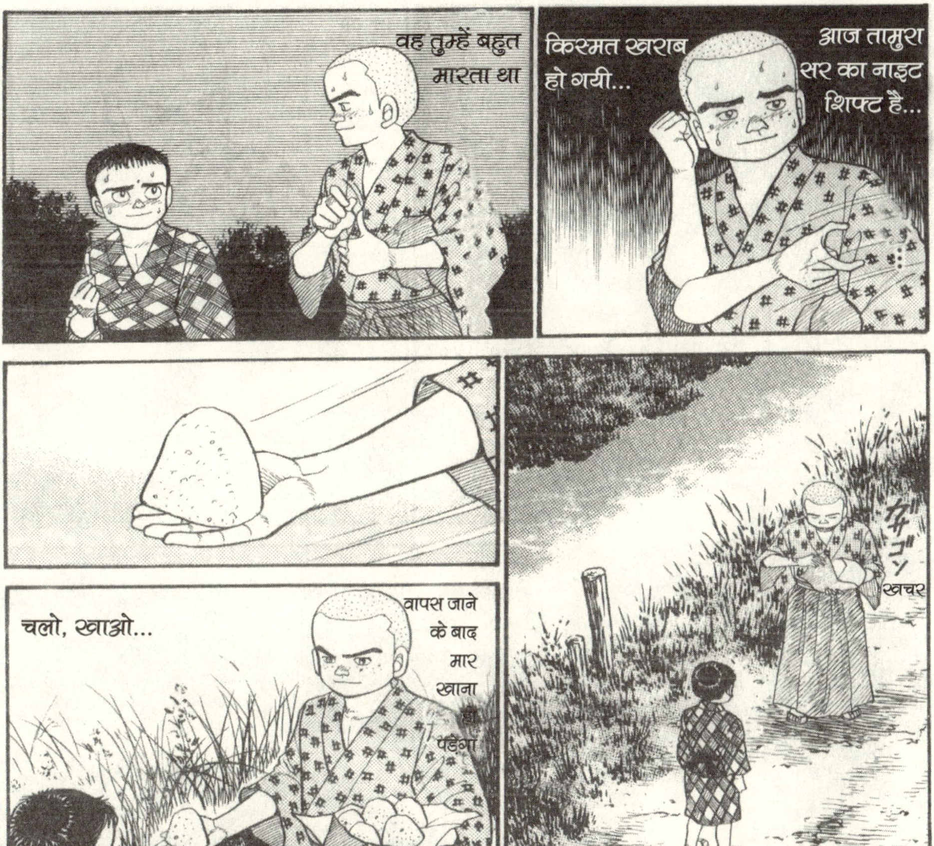
वह तुम्हें बहुत मारता था
किस्मत खराब हो गयी...
आज तामुरा सर का नाइट शिफ्ट है...
चलो, खाओ...
वापस जाने के बाद मार खाना ही पड़ेगा
खचर
मैं भी ऐसी चीज नहीं खाना चाहता
पर भूख तो लगती ही है
मुझे नहीं चाहिए
आप खाइए

इस समय अमीर लोग सब घर में बैठकर खाना खाते होंगे
यह सोचकर बहुत गुस्सा आता है
मैं भी गरीब किसान का बेटा हूँ...
कावादा, कहाँ जा रहे हैं
मेरे साथ आ जाओ

राइस बॉल को तो फेंक नहीं सकते
यहाँ...
कर र र
कोठी में नहीं, इधर आओ
भु
भु भु

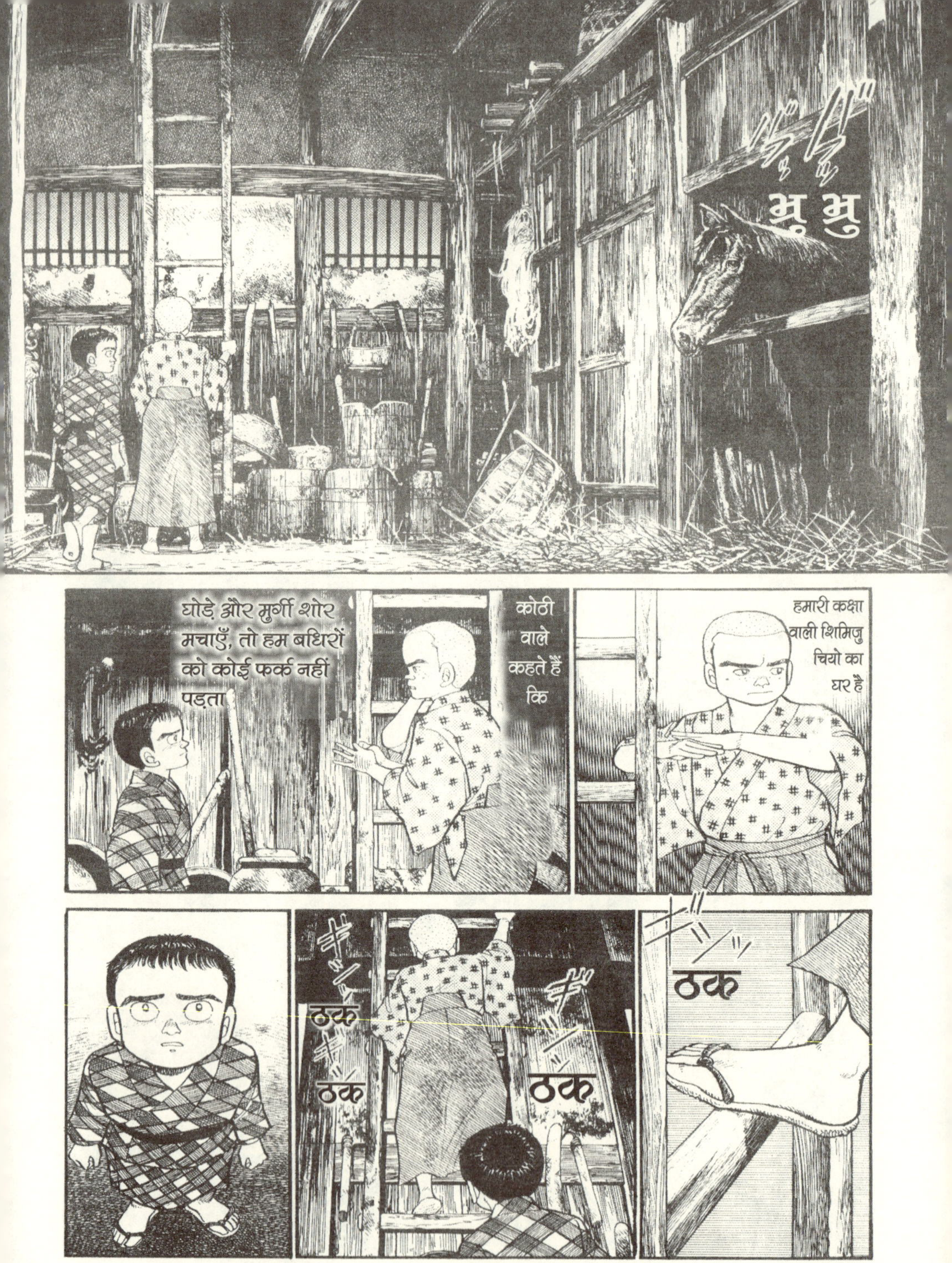
भु भु
घोड़े और मुर्गी शोर मचाएँ, तो हम बधिरों को कोई फर्क नहीं पड़ता
कोठी वाले कहते हैं कि
हमारी कक्षा वाली शिमिजु चियो का घर है
ठक
ठक
ठक
ठक

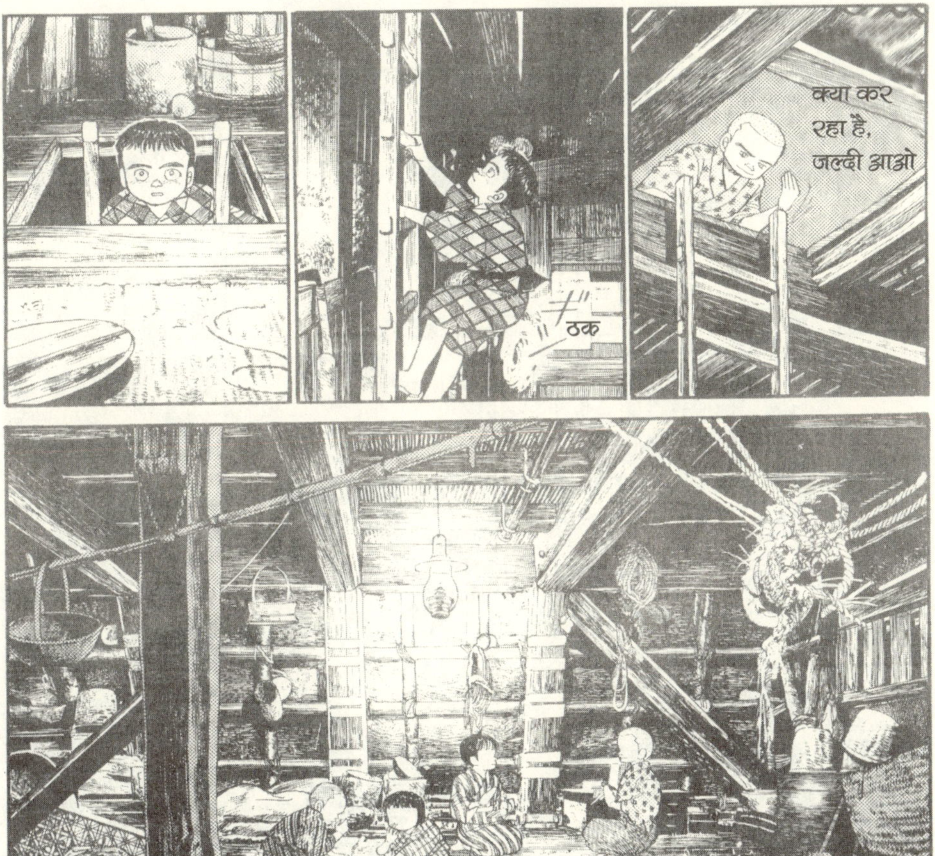
ठक
क्या कर
रहा है,
जल्दी आओ
सपड़
सपड़
सपड़
सपड़
सपड़
सपड़

माँ देखो खाना, सफेद चावल है
कावादा ले आया है
अच्छा है, माँ...?
सपड़
सपड़
सपड़
सपड़

माँ... क्यों रो रही है...?
अ...
बच्चा... जन्मेगा
चियो को... दूर जाना पड़ेगा...
चियो को... दूर जाना पड़ेगा...
ठक
ठक ठक

पिता जी... कावादा को छोड़ कर आती हूँ
नये बच्चे के आने के बाद तुम्हें दूर जाना है, यह क्या गुपचुप हो रहा है?
हद हो गयी
आज तक मकान मालिक की कृपा से उसके अस्तबल में रहकर जीवन चला रहा था
कृपा से...?

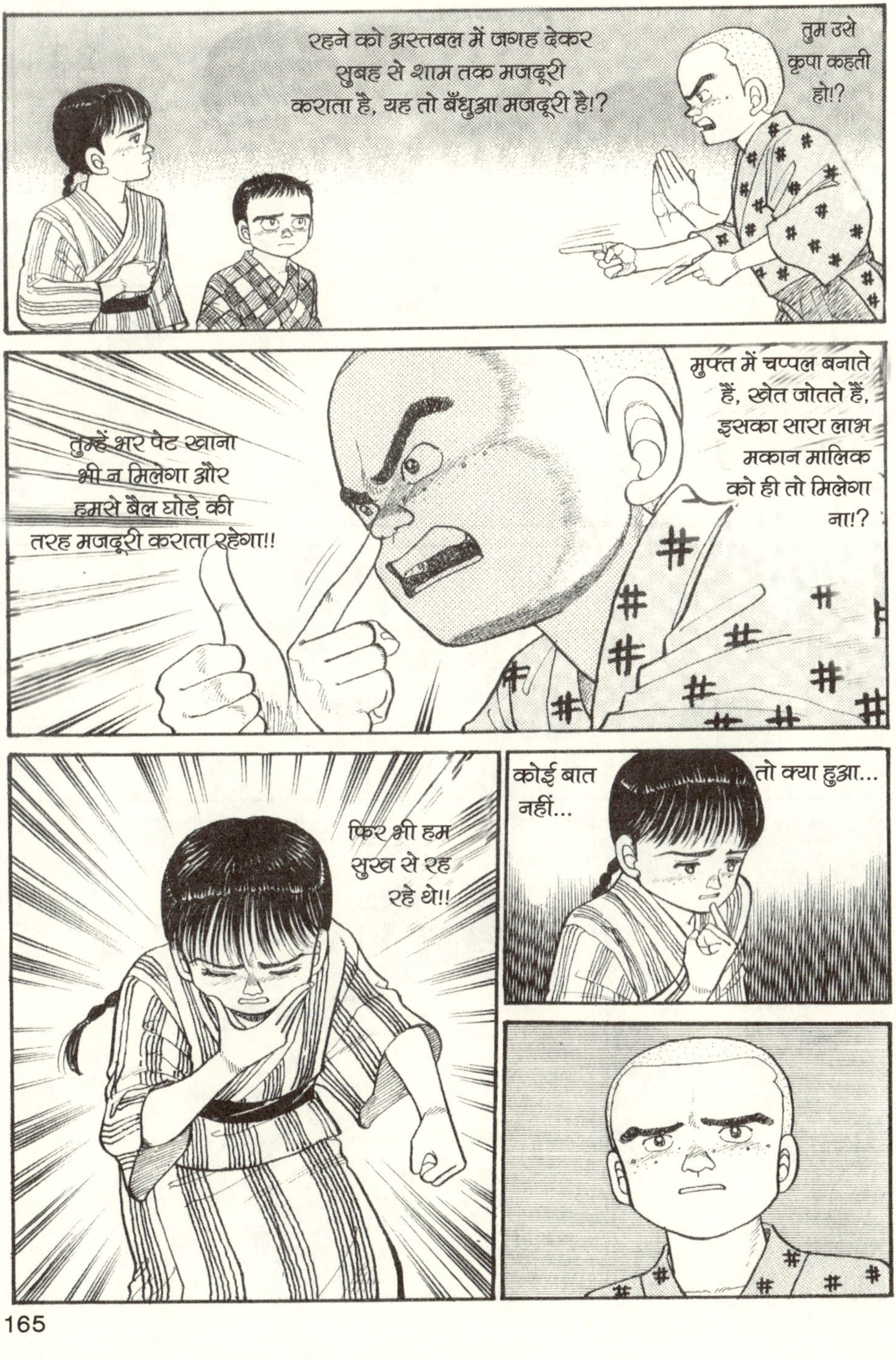
तुम उसे कृपा कहती हो!?
रहने को अस्तबल में जगह देकर सुबह से शाम तक मजदूरी कराता है, यह तो बँधुआ मजदूरी है!?
मुफ्त में चप्पल बनाते हैं, खेत जोतते हैं, इसका सारा लाभ मकान मालिक को ही तो मिलेगा ना!?
तुम्हें भर पेट खाना भी न मिलेगा और हमसे बैल घोड़े की तरह मजदूरी कराता रहेगा!!
तो क्या हुआ...
कोई बात नहीं...
फिर भी हम सुख से रह रहे थे!!

मकान मालिक ने मुझे पढ़ने के लिए स्कूल भेजा
सारा परिवार घुलमिल कर रह सकता था!!
हम इतने में ही खुश थे!!
पर...
मकान मालिक का परिवार खाने की कमी में मर रहा है
नये बच्चे के आने से कैसे घर चलेगा
इसलिए तुम्हें मजदूरी के लिए घर से दूर जाना है...
नहीं पता...
नहीं जाना भी हो सकता है

माँ ने कई महीनों से खाना भी ठीक से नहीं खाया...
जैसे मैं भूख से मर रही हूँ...
हम से ज्यादा माँ के पेट में नन्हे बच्चे को भी तो भूख लग रही होगी...
हम सुन नहीं सकते, परन्तु भूख के मारे वह भी तो रोता होगा
मैं बच्चे को शाबाशी दूँगी, अगर वह जिन्दा... सलामत जन्मे

... और
मैं जरूर
काम करने
जाऊँगी!!
खुशी से!!
ヒュウウウウ
साँय

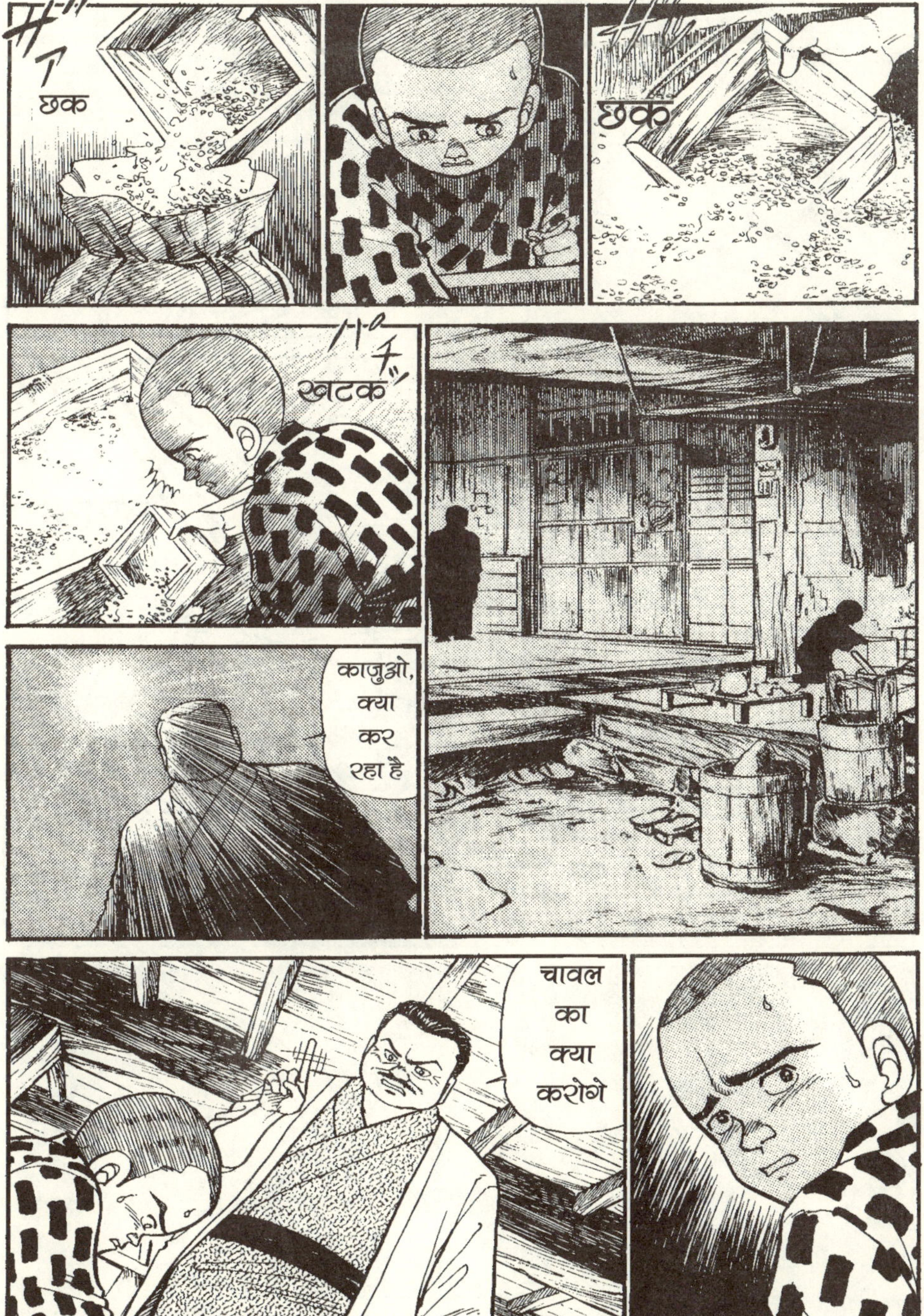
छक
छक
खटक
काजुओ, क्या कर रहा है
चावल का क्या करोगे

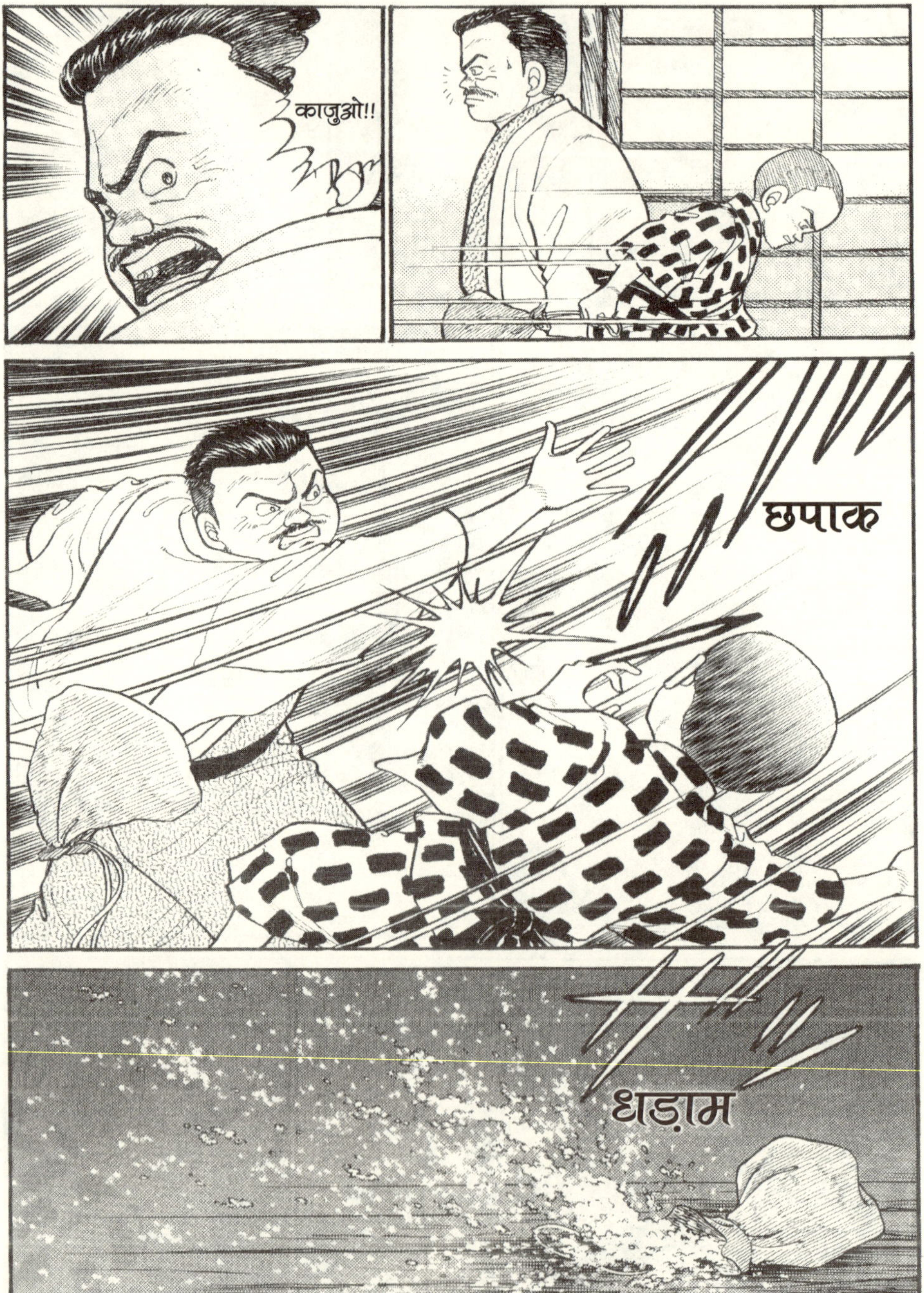
काज़ुओ!!
छपाक
धड़ाम

अध्याय सत्रह : जन्म

यह आन्दोलन संघटित रूप से नहीं, बल्कि बिना नेतृत्व के जन आन्दोलन था, इसलिए तत्कालीन सैन्य मंत्रिमंडल जन आन्दोलन से घबरा गया
चावल आन्दोलन मजदूरों और किसानों द्वारा पूँजीपति और जमींदारों के खिलाफ एक स्वैच्छिक विद्रोह था।
ढुशम
ढुशम

दोनों खड़े हो जाओ!!
यह देखो!!
तुम लोगों की वजह से स्कूल में आग लगने वाली थी!!

अच्छा तो कावादा ने अपने दोस्त को बचाना भी सीख लिया है
जब तुम इस स्कूल में आये थे, तब तो दायाँ और बायाँ भी नहीं समझते थे...
सर, इसमें इस्सकु का कोई कसूर नहीं है
वह तो संयोग से उधर था
तब तो अब फिर से याद करो
सर, आपकी कृपा से
आपने अपनी छड़ी से हमें बहुत कुछ सिखाया
जो गुरु की बात नहीं मानता, उसे ऐसा ही सबक मिलेगा
सटाक
सटाक
सटाक

सटाक
सटाक
अ अ अ
ओय क्या करता है
आ आ!!
छोड़... छोड़!!
खचक
ओय मार डाला!!

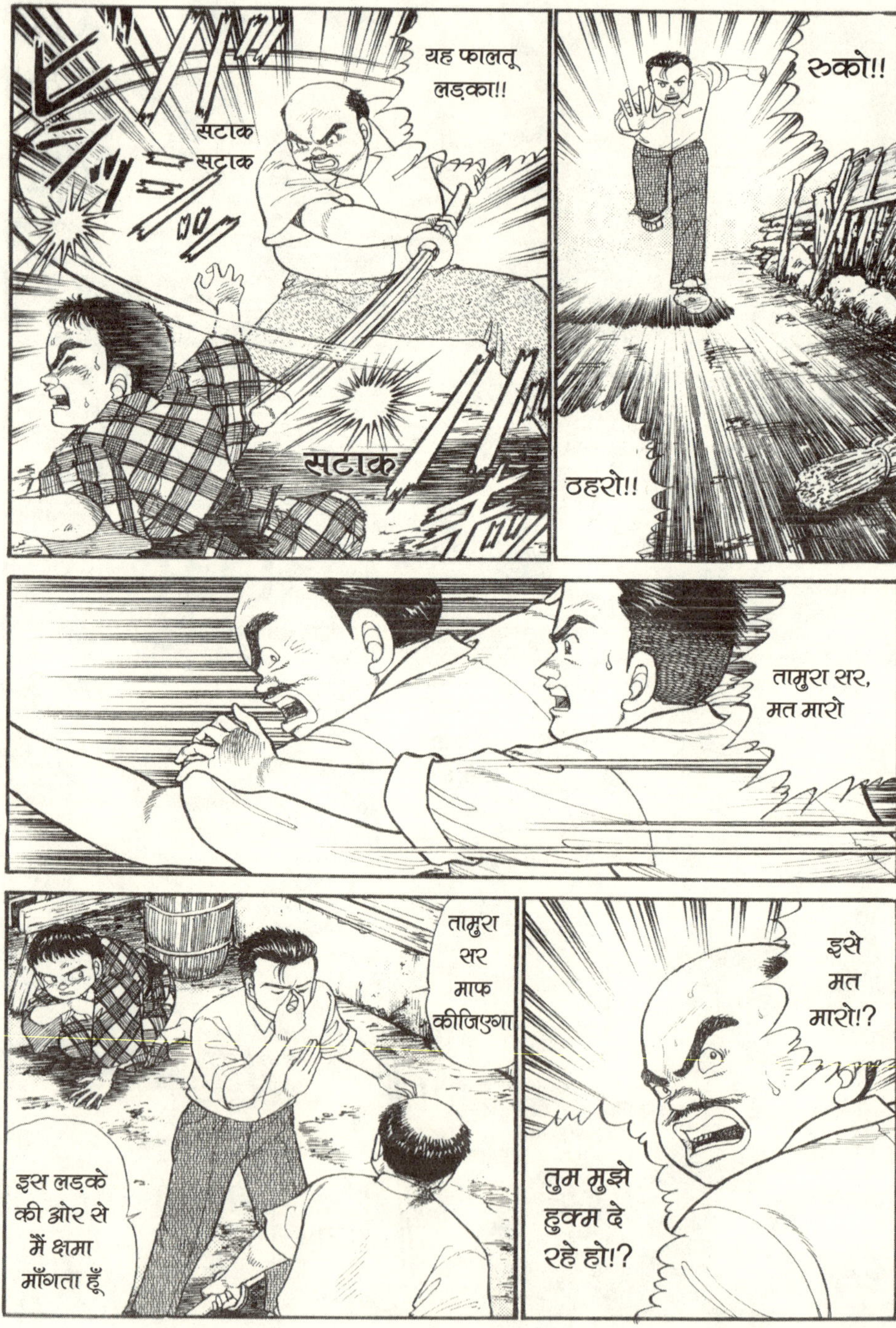
यह फालतू लड़का!!
सटाक सटाक
सटाक
रुको!!
ठहरो!!
तामुरा सर, मत मारो
तामुरा सर माफ कीजिएगा
इस लड़के की ओर से मैं क्षमा माँगता हूँ
इसे मत मारो!?
तुम मुझे हुक्म दे रहे हो!?

अभी हैडमास्टर साहब के यहाँ यामादा के पिता क्रोध में आये थे...
तब बात पता चली है
हाँ...
यामादा को दोस्तों के लिए चावल की चोरी करनी पड़ी
उसी चावल को पकाते हुए यहाँ आग लग गयी
इसलिए मैंने बताया था
ताकाहाशि, मैं फिर बता रहा हूँ
इन लोगों की शिक्षा सिर्फ इस डंडे से हो सकती है

तुम दोनों अन्दर आओ
मैं तुम्हें पीटूँगा तो नहीं लेकिन अन्दर आना

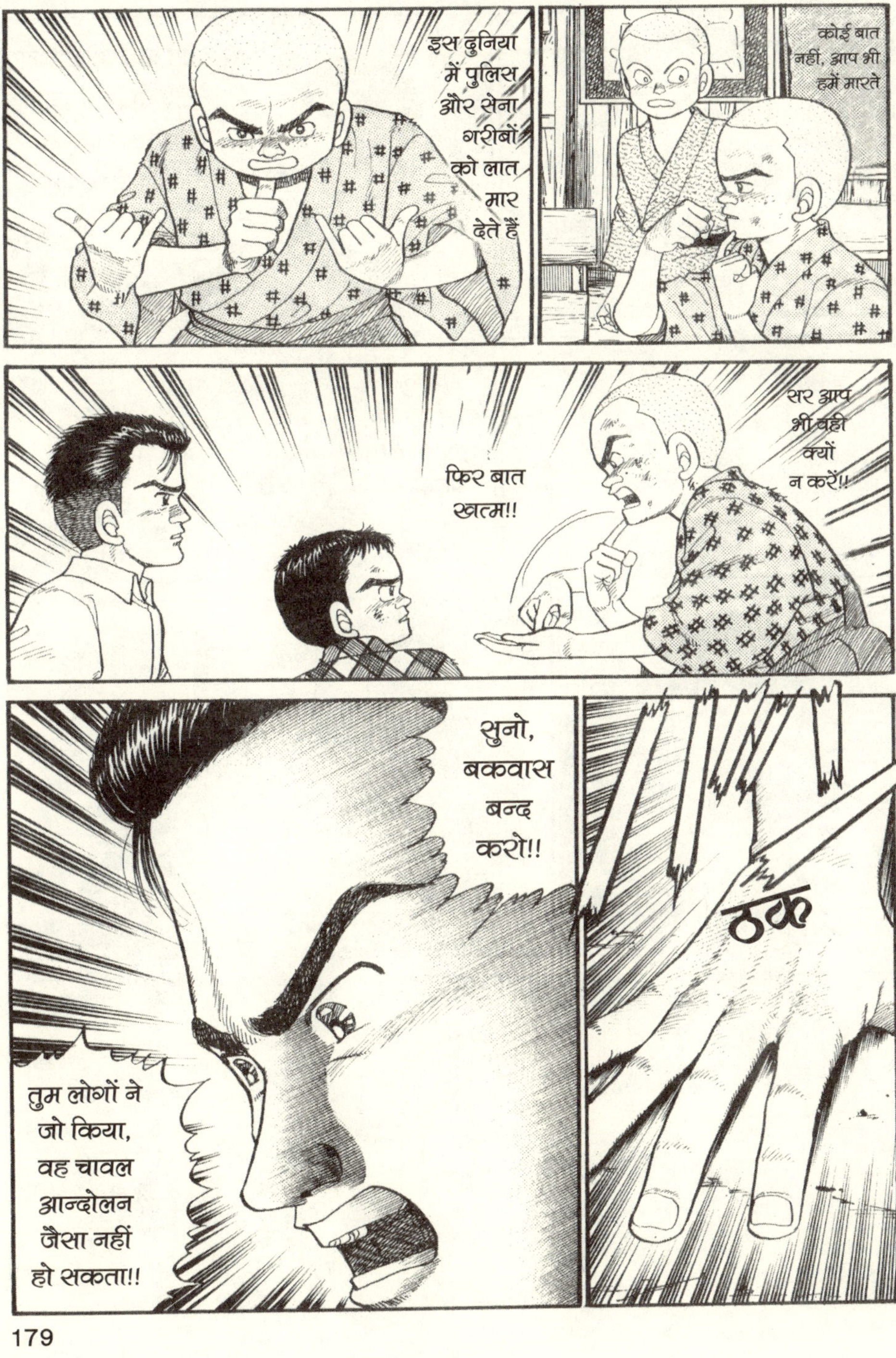
इस दुनिया में पुलिस और सेना गरीबों को लात मार देते हैं
कोई बात नहीं, आप भी हमें मारते
सर आप भी वही क्यों न करें!!
फिर बात खत्म!!
सुनो, बकवास बन्द करो!!
ठक
तुम लोगों ने जो किया, वह चावल आन्दोलन जैसा नहीं हो सकता!!

एक दाना भी नहीं
सर, कावादा ने चावल नहीं खाया!!
छोटे बच्चे को धमकी देकर चावल मँगवाया, छिप कर पकाया फिर पेट भरा
फिर तुम कहते हो कि यह चावल आन्दोलन जैसा ही काम है!?
वहाँ जाकर मुझे समझ में आया
चियो...?
कावादा का सहपाठी शिमिजु चियो है क्या?
उस रात को हम चियो के घर गये
कि क्यों कावादा को गुस्सा आता है!!

अ
अ!!
अ
अ!!
क्या हुआ माँ,
पेट में दर्द
हो रहा है!?
माँ...
उ
उ उ
आह

हाँफ हाँफ
हाँफ हाँफ हाँफ
अरे!! चियो आई
चियो है
ओय, ओय!!
नहीं जा सकती!!
हाँफ हाँफ
हाँफ हाँफ
उह!!
धम

हाँफ
हाँफ
हाँफ हाँफ
इसे पकड़ो तो!!
भगवान, रुको चियो!!
आ!!
अ आ!!
!!
चियो, क्या हुआ
क्या बात है!?
अ अ आ!!
चल

बच्चा...
बच्चा जन्म रहा है
दाई माँ को बुलाना!!
उअअ

माँ ठीक है!?
सर... बच्चा ठीक है!?
उ अ अ
धैर्य रखो!!
और जोर मारना
ठीक है, चिन्ता मत करो
कुएँ से पानी ले आ!!
चियो, इधर क्या कर रही हो
तुम लोगों का क्या काम है, अभी!!
चियो, जल्दी कर!!
धड़ाम

काँव
काँव
काँव
चलो हम भी मदद करें
स्नान के लिए पानी चाहिए
बच्चे का जन्म भी होगा और चियो को शिक्षा छोड़कर काम पर भी जाना होगा
पर... इस चावल आन्दोलन की वजह से उसकी माँ बहुत कमजोर है, कई महीनों से खाना ठीक से नहीं मिला

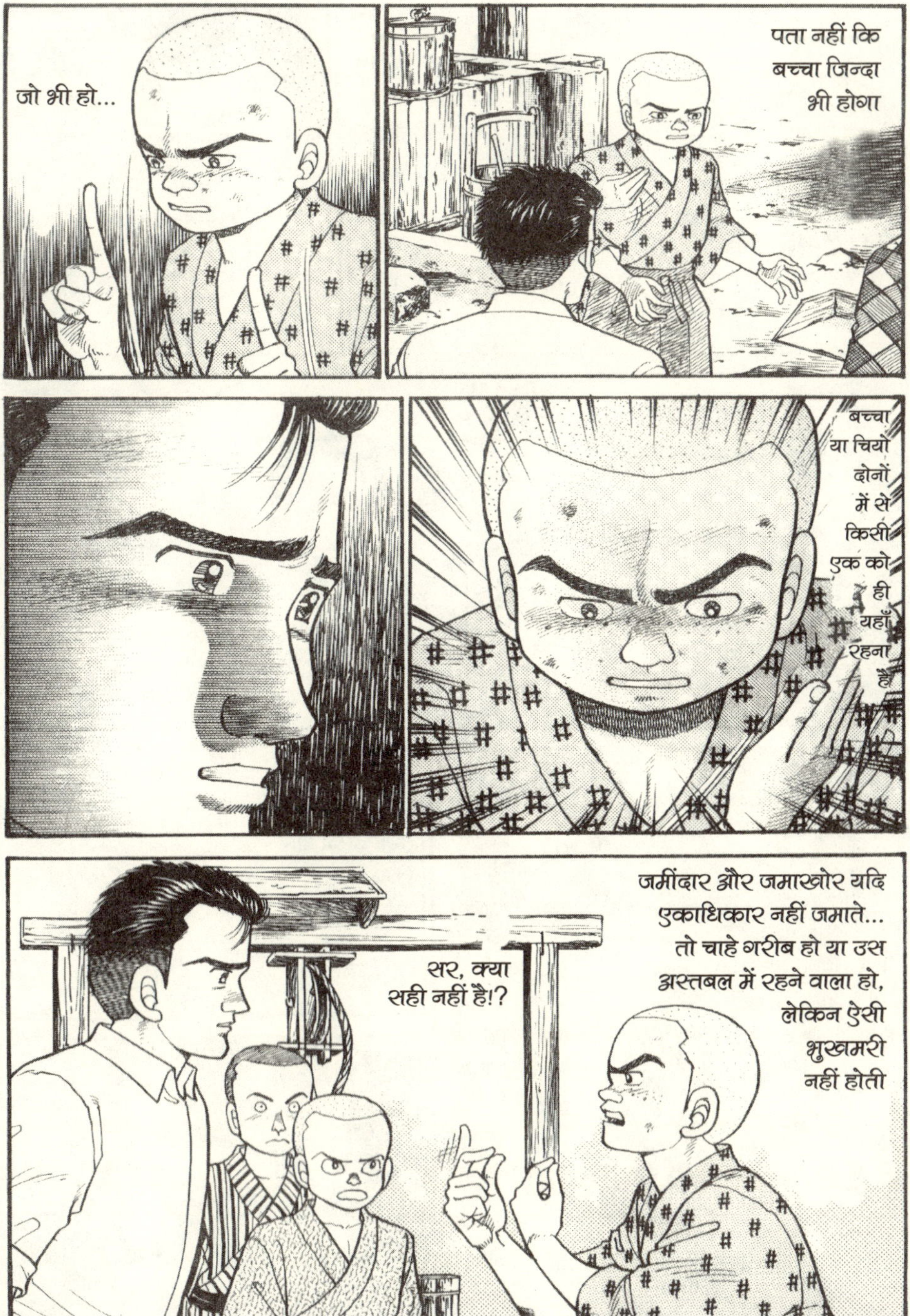
पता नहीं कि
बच्चा जिन्दा
भी होगा
जो भी हो...
बच्चा
या चियों
दोनों
में से
किसी
एक को
ही
यहाँ
रहना
है
जमींदार और जमाखोर यदि
एकाधिकार नहीं जमाते...
तो चाहे गरीब हो या उस
अस्तबल में रहने वाला हो,
लेकिन ऐसी
भुखमरी
नहीं होती
सर, क्या
सही नहीं है!?

चावल आन्दोलन समाज के निचले वर्ग के लोगों का विद्रोह है
उन्हीं लोगों पर इसका भारी असर पड़ रहा है
कावादा, तुम सही कह रहे हो
मुट्ठी भर अमीरों की वजह से वे बेहद दर्दनाक जीवन झेल रहे हैं
जापान में तुम और चियो के परिवार जैसे बहुत सारे लोग हैं...
जब तुम स्कूल में आये थे, उस साल तुम्हें सांकेतिक भाषा नहीं मालूम थी और किसी से बात तक नहीं कर सकते थे और सबको मारते थे...
चियो के पिता भी वैसें ही थे
इस्सकु...
अब से जो होगा, उसी को अच्छी तरह देखो और समझो

वे स्कूल में नहीं भेजे गये, अशिक्षित ही बड़े हो गये
इसलिए उन्हें सांकेतिक भाषा नहीं आती
इशारे के जरिए उसे सिर्फ इतना ही पता है कि खाना, खेती
रहने के लिए गोदाम मिला, फिर बैल और घोड़े की तरह काम में जोता गया
बधिर-मूक के साथ ऐसा ही हुआ करता था
आज भी मुट्ठी भर बच्चे ही स्कूल जा सकते हैं
इसलिए इस्सकु!! अच्छी तरह देखो

अस्तबल में रहने वाला वह परिवार हमारा ही है!!
आने वाला बच्चा और दूर जाने वाली चियो भी
हम ही हैं!!

सर, जरा सुनिए...
बच्चा हुआ!?
स्वस्थ बच्चा है... पर कठिन प्रसव में माँ की हालत खराब हो गयी है
हमें सांकेतिक भाषा नहीं आती...
क्षमा कीजिए सर, गाड़ी वहाँ है
जल्दी अस्पताल में
तुम लोग स्कूल वापस जाओ
और बातें बाद में बताता हूँ

साँय
माफ करें सर...
खट
खट

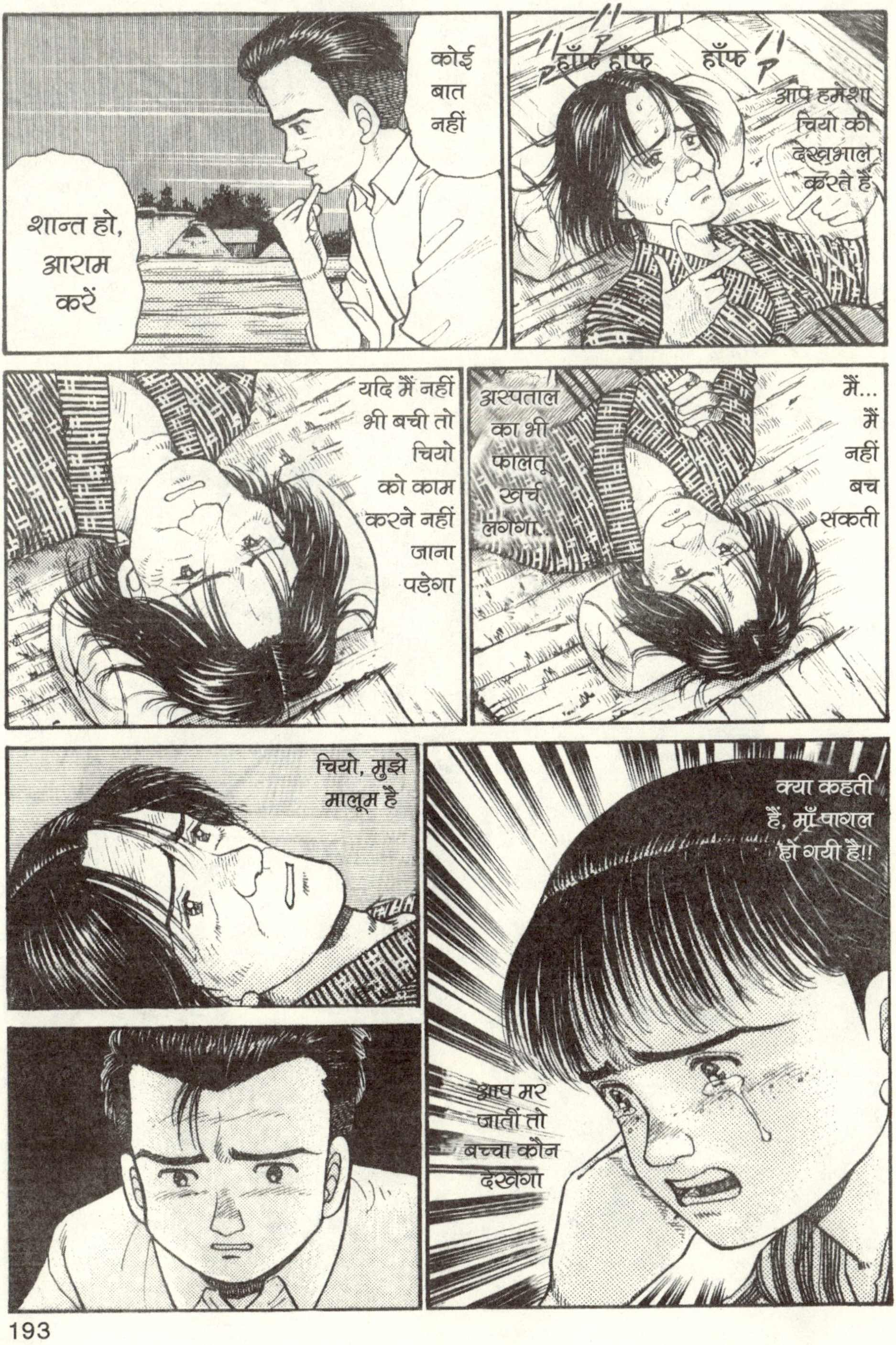

कोई बात नहीं
शान्त हो, आराम करें
हाँफ हाँफ हाँफ
आप हमेशा चियो की देखभाल करते हैं
यदि मैं नहीं भी बची तो चियो को काम करने नहीं जाना पड़ेगा
अस्पताल का भी फालतू खर्च लगेगा...
मैं... मैं नहीं बच सकती
चियो, मुझे मालूम है
क्या कहती हैं, माँ पागल हो गयी है!!
आप मर जातीं तो बच्चा कौन देखेगा

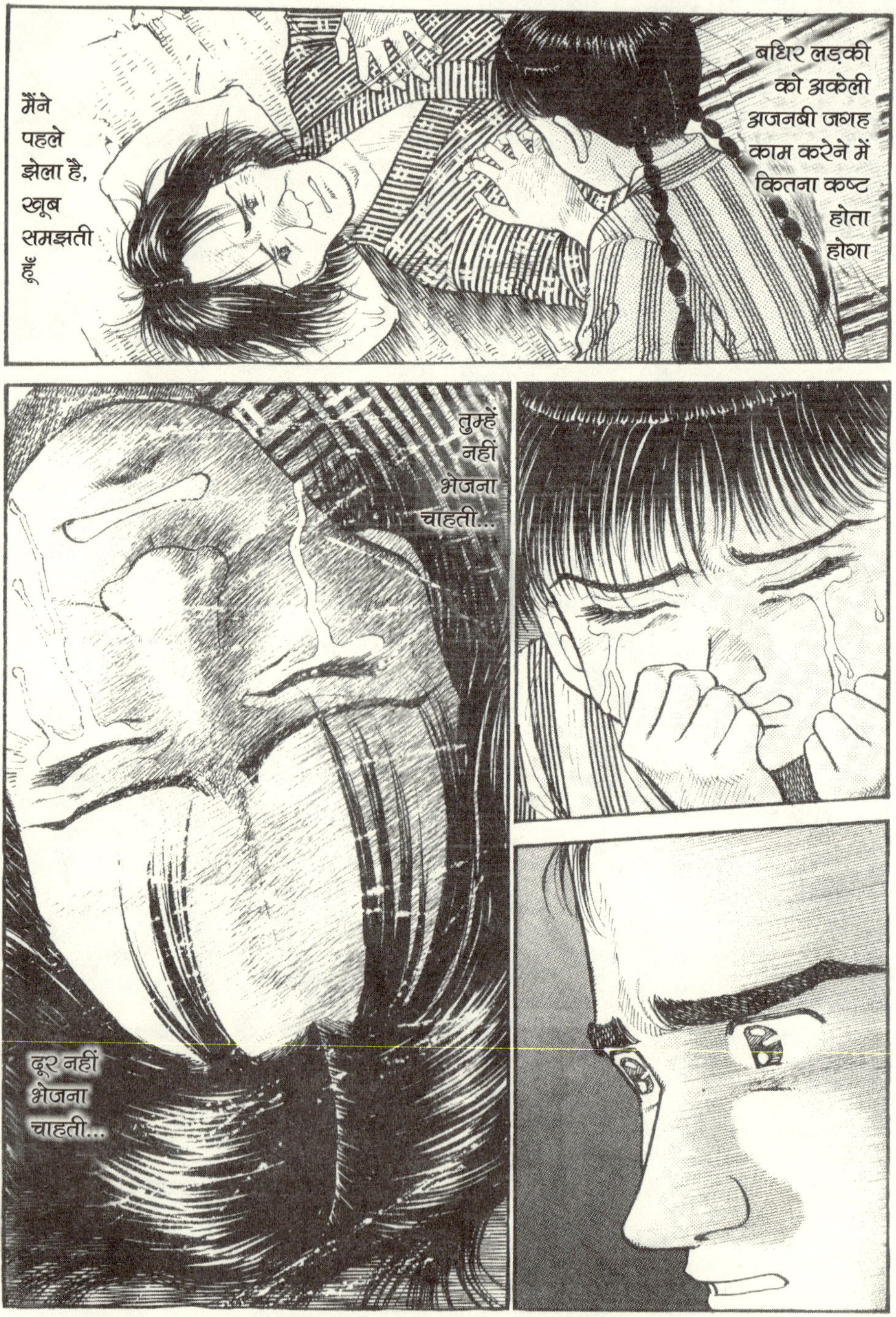
बधिर लड़की को अकेली अजनबी जगह काम करेने में कितना कष्ट होता होगा
मैंने पहले झेला है, खूब समझती हूँ
तुम्हें नहीं भेजना चाहती...
दूर नहीं भेजना चाहती...

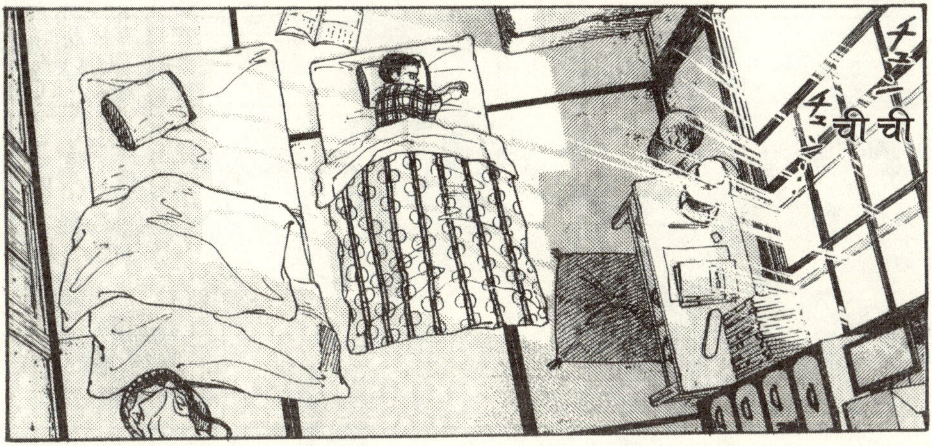

अध्याय अठारह : विदा

बहुत कम समय है, हम ले जाते हैं!!
जल्दी... उल्टी कर रहा है!!
मसाओ, जी कड़ा करो!!
कोई ठेला गाड़ी लाओ, जल्दी!!
इस्सकु, अभी जागे हो
क्या हुआ!?
सुबह से लड़के बीमार हो गये
कूड़ेदान से कुछ गलत खाया होगा
पेट खराब हो गया...
बेचारों को तेज भूख लग रही थी...

अगस्त आते ही हॉस्टल का खाना खत्म हो गया
बच्चे और बड़े सभी बेहद भूखे थे, अचानक किसी बात पर आने वाले क्रोध को दबाना मुश्किल था
चियो का... क्या हुआ?
शहर में नागरिक चावल की दुकान में जमा हो जाते और अनेक जगहों पर पुलिस से झड़पें शुरू हुईं
लगता है ओसाका शहर में विस्फोट हो रहा था
चियो काम करने कहाँ जा रही है?
बच्चा सलामत जन्मा
ताकाहाशि सर कह रहे थे, माँ भी संकट से किसी तरह बच गयी

ताकाहाशि सर ने कई बार पूछा, पर परिवार और चियो भी कुछ नहीं बता रहे
दुखभरी जगह जा रही होगी...
ओह
हिरात्सुका मैडम
सर, इनको क्या हुआ...

*ओसाका अन्धा मूक विद्यालय

*ओसाका अन्ध मूक विद्यालय

क, क, अ अ
क क अ अ
क, अ
अ अ अ आ!!
चियो...
नहीं!!
मैं नहीं जाना चाहती!!
रहना चाहती हूँ!!
इस स्कूल में सब के साथ!!

あ あ あっ
अ अ अ
अअ...
आ!!
अअ
आ!!
नहीं!!
नहीं नहीं!!
अ अ!!

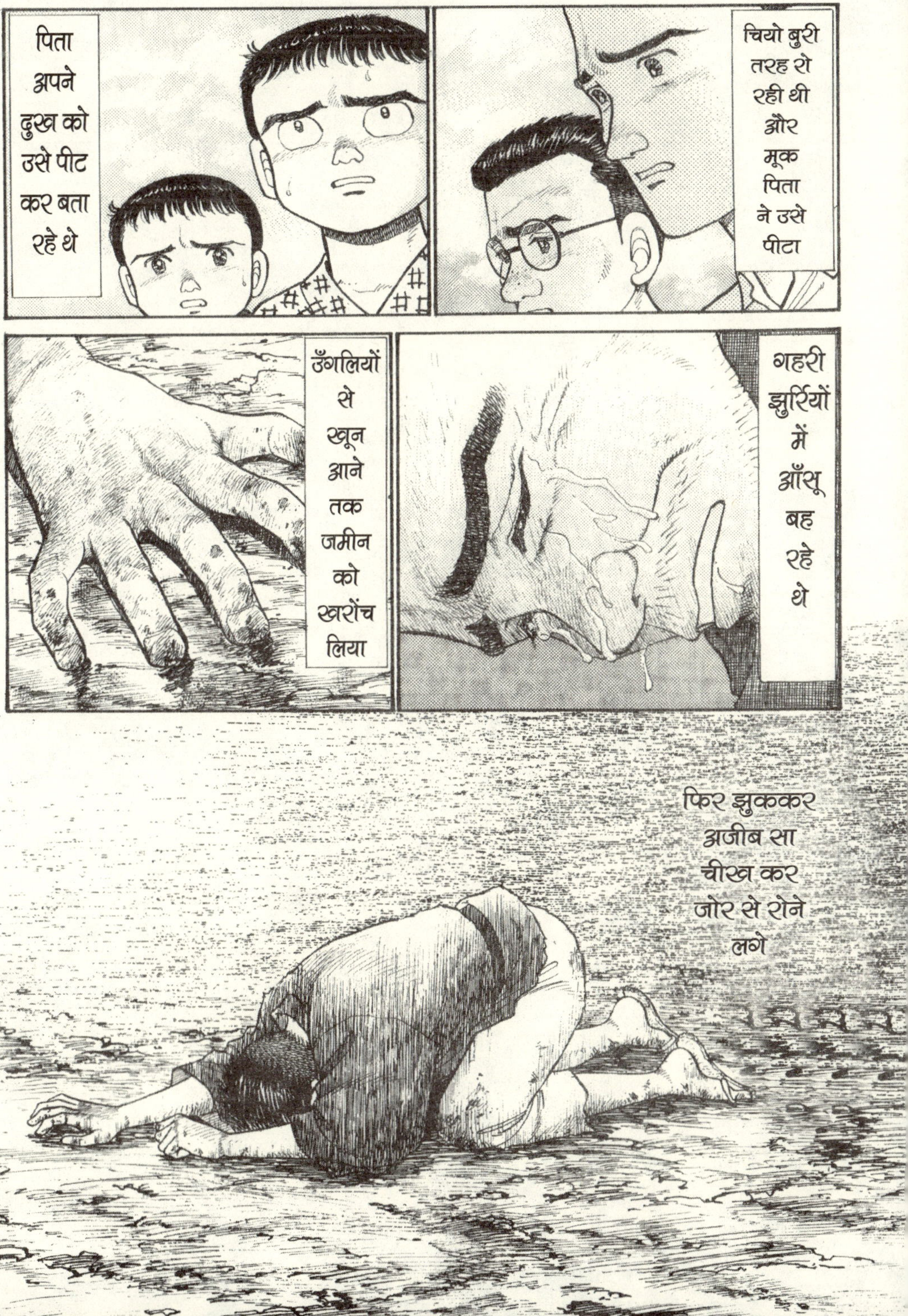
चियो बुरी तरह रो रही थी और मूक पिता ने उसे पीटा
पिता अपने दुख को उसे पीट कर बता रहे थे
गहरी झुर्रियों में आँसू बह रहे थे
उँगलियों से खून आने तक जमीन को खरोंच लिया
फिर झुककर अजीब सा चीख कर जोर से रोने लगे

उसी रात को
ओसाका शहर
में जबरदस्त
चावल
आन्दोलन
घटित
हुआ

大山

ओसाका के महापौर ने शहर में सेना भेज कर आन्दोलन को कुचलना चाहा
नागरिकों ने बाँस के भाले और पत्थरों से सेना का विरोध किया
इस्सकु!! कहाँ जा रहे हो
इस्सकु!!
सर!!
ताकाहाशि सर!!
हाँफ
हाँफ
हाँफ
हाँफ
हाँफ
हाँफ
हाँफ
शहर...
हाँफ
शहर जल रहा है...

इस्सकु!!
इस्सकु!! वहाँ मत जाना
वापस आओ!!
शहर नहीं जाना, वहाँ आग लगी है वह सामान्य आग नहीं है!!
युद्ध हो रहा है!!
हाँफ
हाँफ
हाँफ
हाँफ
मत्सुए ने मुझे बताया
रूस में किसान, कारीगर और गरीबों ने राजा को भगा कर अपना देश बनाया
इसलिए जाना चाहता हूँ, सर!!

चावल आन्दोलन का विस्तार होगा...
तो जापान रूस जैसा बन सकता है...
अगर... ऐसा हुआ
तो हमें सुख मिलेगा!?
और चियो को स्कूल नहीं छोड़ना पड़ेगा!?

रात भर मैं और इस्सकु ओसाका शहर में दौड़ते रहे
हम हिरात्सुका मैडम की बात याद कर रहे थे, जो चियो और उसके पिता के चले जाने के बाद उन्होंने स्कूल में बताई थी
जब मैं...
इस स्कूल में पहली बार पढ़ाने आयी
उस दिन मैं सुबह सात बजे पहुँची थी...
पहली बार मूक बच्चों से मिली जो बहुत प्यारे थे...
रोज सुबह सब से पहले स्कूल पहुँच कर दरवाजे पर बच्चों का इन्तजार करती थी

तो अभी तक बच्चे स्कूल में आकर मैदान में खेल रहे थे
घर में इन बच्चों की बात कोई नहीं समझता था, इसलिए वे सिर्फ स्कूल में ही आनन्द लेते थे
अगले दिन मैं जरा जल्दी पहुँची...
तो छोटी लड़की दरवाजे पर खड़ी थी
वह चियो थी
मैंने कहा कि तुम बहुत जल्दी आती हो
रोज रोज
वह खुशी से मुस्कराई
मैं जितना भी जल्दी पहुँचती, चियो से वहाँ मिलती

लेकिन
मुझे अजीब सा लगा और अगले दिन सुबह अँधेरे में स्कूल के दरवाजे पर पहुँची
वहाँ कोई नहीं था
बारिश में जूट की बरसाती पहने हुए पिता काँवर में चियो को बैठाए ले कर आ रहे थे

मैं उस दिन चियो के घर गयी और बात पता चली
दरवाजे पर उसे उतारा और स्नेह से उसका सिर सहलाया
फिर खाली काँवर लेकर चले , गये
चियो के हॉस्टल और स्कूल आने जाने के खर्च के लिए उस परिवार के पास पैसा नहीं था
फिर भी वे किसी तरह चियो को स्कूल भेजना चाहते थे
रोज सूर्योदय तक पिता को खेती शुरू करनी होती थी
पिता ने बड़े भाई से पैसे लेकर चियो को स्कूल में दाखिल करवाया
और पिता के लिए खेती का काम दुगुना हो गया

इसलिए पिता सुबह अँधेरे अँधेरे ही दूर गाँव से स्कूल तक चियो को छोड़ते थे
जब तक कि चियो अकेली पैदल स्कूल आ सके,
तीन साल तक रोज पिता उसे लेकर स्कूल आते रहे

उन दोनों का कलेजा दुख रहा होगा
इतना आत्मीय स्कूल छोड़ना पड़ेगा
दोनों के दिल में...
उ... उ
एक ही दुख उमड़ता होगा...

दुशम
कमबख्त, हमें मारने का मन है!!
तुम ठीक हो!!
आह!!
दुशम
मारो
दुशम
मारो
मारो
कमजोरों को सताता रहता है!!
मार डालो!!
आखिरकार खाने बिना भी तो मरना ही है!!

उस रात को इस्सकु और मैंने देखा
घर लाल लपटों से दहक रहे थे
मार खाकर लोगों का खून बह रहा था
चारों ओर क्रोध का गर्जन गूँज रहा था...

大阪市立盲唖学校
* ओसाका अन्ध मूक विद्यालय
इस स्कूल को
ताकाहाशि सर, मैडम और दोस्तों को
कभी नहीं
भूल सकूँगी...

मेरा सब से प्यारा स्कूल
अलविदा
अलविदा
मेरा ओसाका अन्ध मूक विद्यालय...

अध्याय उन्नीस : कड़वे चावल

50-60 हजार नागरिक पकड़े गए, 7708 को दोषी सिद्ध किया गया और अनेक लोग मारे गये
चावल आन्दोलन
90 हजार से अधिक सेनाबल भिजवाया गया
इसे ज्यादा काम नहीं आता
पर यह काम करेगी, बच्चे पर कृपा करें
इतने में चियो का ओसाका से रवाना होने का दिन भी आ गया

कावादा... नहीं आया
चियो और पिता बेजान से खड़े रहे
सीटी
मैं... तुम्हारे लिए कुछ नहीं कर पायी...
मुझे माफ करना

यह रखो...
याद करना...
खड़क
मुसीबत में स्कूल की याद करना
मेरी और दोस्तों की याद करना
खड़क
सलामत रहना, चियो

चियो!!
खड़ खड़

खड़ खड़
बाल सँभालने की फुरसत ही वहाँ कहाँ होगी
पहुँचते ही काम पर लग जाना है
क्यों ऐसी चीज़ दी?
अजीब सी मैडम है
चियो, आओ आओ

ही ही
सुन्दर बाल है
चियो के बाल... बहुत सुन्दर है
बहुत सुन्दर

हिरात्सुका मैडम, फिर चियो आयी
तुम्हें बाल संभालना बहुत पसन्द है...
अरे देखिए, मैडम
इतने सारे बच्चे...
ही ही
आ जाओ
चियो रोज कंघी करवाएगी
ऐं?

कोई बात नहीं
सब लाइन लगाओ
वाह

ゴットン
खटाड़
ゴットン ゴットン
खटाड़ खटाड़
थप
ドン
ओय!
वह कौन है, बहुत देर से हाथ हिला रहा है
कावादा

चियो!!
चियो!!

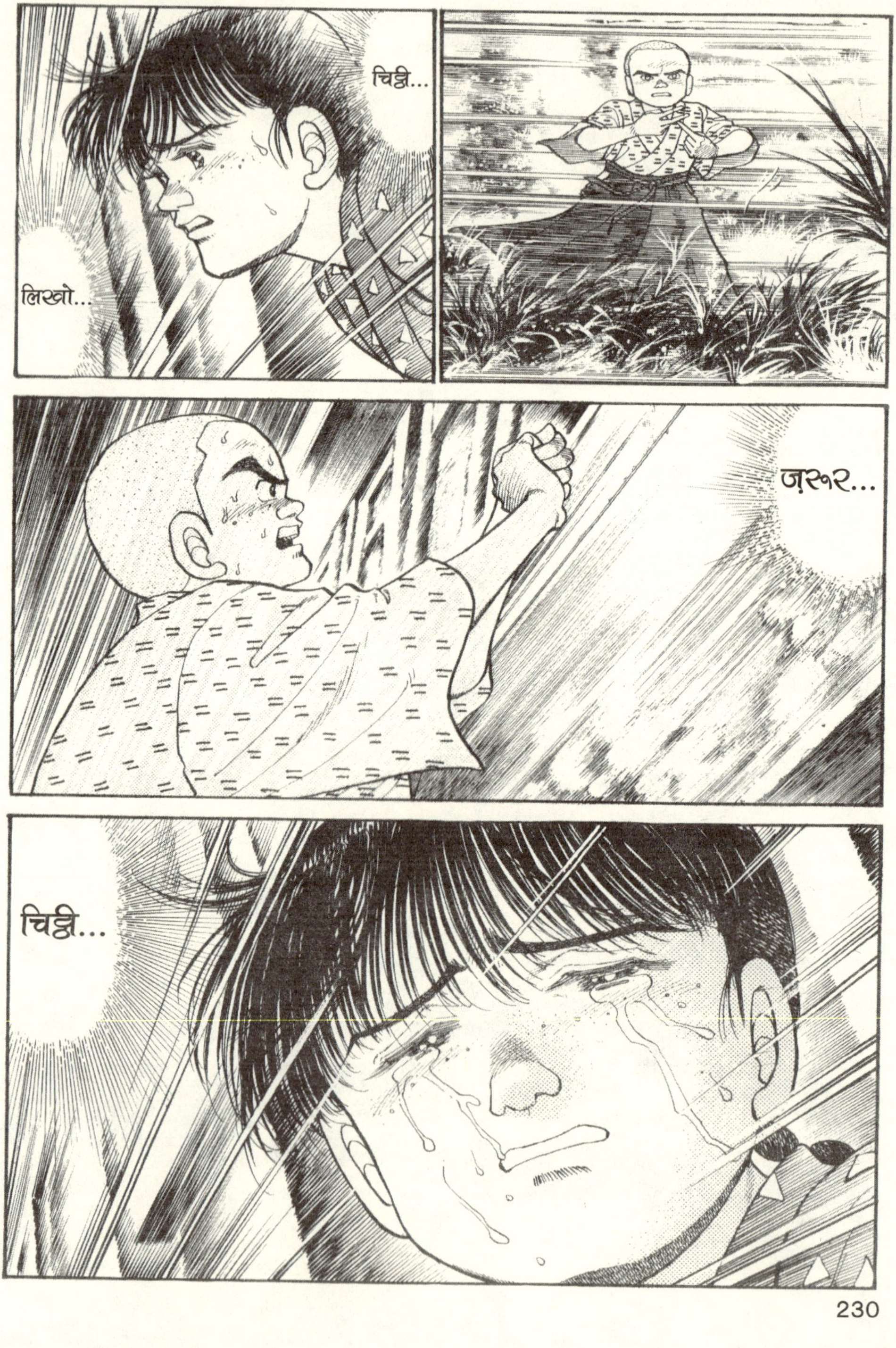
चिट्ठी...
लिखो...
ज़रूर...
चिट्ठी...

खड़ खड़

हाँफ
हाँफ
हाँफ
हाँफ
सुनो!!
सुनो!!
चावल...
चावल मिल रहा है!!

!!
शहर में सूचना लगी हुई थी
साइगोन से चावल के दस हजार बोरे आये
イゴン米一万袋来る
東小学校にて売出す
値段は一升拾五銭
此米は水洗して一夜
水に浸し日本米より
一割五分水を多く入れ
हिगाशी स्कूल के मैदान में बिक्री होगी
एक सेर चावल 15 सेन का होगा

सम्राट ने तीस लाख येन का अनुदान दिया है
सम्राट ने!?
तीस लाख येन!!
देश भर में आन्दोलन मचा है
सरकार भी पैसे दे रही है
चावल के मूल्य को कम करने के लिए सरकार ने एक करोड़ येन का राष्ट्रीय दान किया
धक्का मत मारो!!
लाइन बनाओ!!

चावल आन्दोलन के विस्तार से डरी हुई सरकार अब नागरिकों के असन्तोष को मिटाने की कोशिश करने लगी
लिखा है... इस चावल को धोकर रात भर पानी में भिगोना है...
जापानी चावल पकाने से अधिक पानी डालकर...
मगर यह चावल तो पहले से व्यापारियों के गोदाम में रखा हुआ था
अभी सरकार ने उसे 25 सेन में खरीदा और नागरिकों को 15 येन में बेचा जा रहा है
आखिरकार चावल व्यापारी का कोई नुकसान नहीं हुआ

किसने बच्चों को भूखों मरने दिया!?
पर सर, अब बच्चों को भूखे मरना नहीं पड़ेगा
साइगोन के चावल के बाद अब जापानी चावल बेचने की बात सरकार कर रही है
गोदाम में आने वाले नये चावल के लिए जगह बनानी है, इसीलिए पहले पुराना चावल बेचा जा रहा है
यह छल है
हमें फँसाने वाला जाल है!!

साँय
...?
समाज के हाशिये के लोगों ने इस बार के चावल आन्दोलन का नेतृत्व किया था
सुनो इस्साकु
शादी, नौकरी, सब आजादी हमसे छीन ली गयी है
हम सभी तरह का भेदभाव झेलते हैं
बधिर होने की वजह से हम भी लगातार सताये जा रहे हैं
हाशिये के लोग भी हम जैसे ही हैं

हाशिये के लोग खड़े हो गये
पर... हम ही को देखो
हम बहुत सारे बधिर-मूक देश के अलग-अलग जगह में हैं और हमें शिक्षा मिलना भी मुश्किल है
इसलिए अक्षर पढ़ना नहीं आता, अखबार नहीं पढ़ सकता
लोगों को सांकेतिक भाषा नहीं आती
लोगों की बात हमें सुनाई नहीं देती
ऐसे बधिर-मूक इस चावल आन्दोलन के कारण को नहीं समझ सकते
शायद उनको चावल आन्दोलन का नाम ही नहीं मालूम होगा

सोचो!!
क्या कर सकते हैं?
हम क्या कर सकते हैं?
क्यों चावल आन्दोलन हुआ, क्यों चियो को स्कूल छोड़ना पड़ा!!
क्यों इस दुनिया में भेदभाव होता है!!

उस दिन हमने कई महीनों बाद चावल खाया
सब ने चुपचाप साइगोन का सूखा चावल चबाया
असल में हमारे लिए वह चावल कड़वे थे
सरकार का डर यह था कि नागरिक दंगे को चावल की कीमत के गिरावट का कारण समझे
इसलिए 28 अगस्त को कम कीमत की बिक्री बन्द कर दी गयी

परन्तु चावल आन्दोलन की वजह से जनता की आय बढ़ गयी, इसलिए दंगा भी बन्द हो गया
इस प्रकार 17 सितम्बर को आखिरी चावल आन्दोलन घटित हुआ

21 सितम्बर को तेराउचि सैन्य मंत्रिमंडल समाप्त हो गया
जापान की प्रथम पार्टी मंत्रिमंडल के रूप में हारा ताकेशि द्वारा सेइयू पार्टी मंत्रिमंडल का गठन हुआ

लोकतन्त्र के मताधिकार का विस्तार और राजनीतिक स्वाधीनता जनता को मिली
लोकतन्त्र की व्यवस्था में कई तरह के जन आन्दोलन और सामाजिक आन्दोलन शुरू होने लगे

1918 की लम्बी ग्रीष्म ऋतु चली गयी
हिरात्सुका मैडम की बात याद करते हुए मैंने भी हर सुबह गेट पर बच्चों से मिलना शुरू किया
बच्चे स्वस्थ रूप से स्कूल आते हैं
पर अब चियो नहीं दिखाई देती

नोट : इस पुस्तक को दायें से बायें पढ़ा जायेगा।

(इस पुस्तक की सज्जा मूल जापानी पुस्तक की तरह तैयार की गयी है)

नीचे दिये गये उदाहरण से पुस्तक पढ़ने में सुविधा होगी।

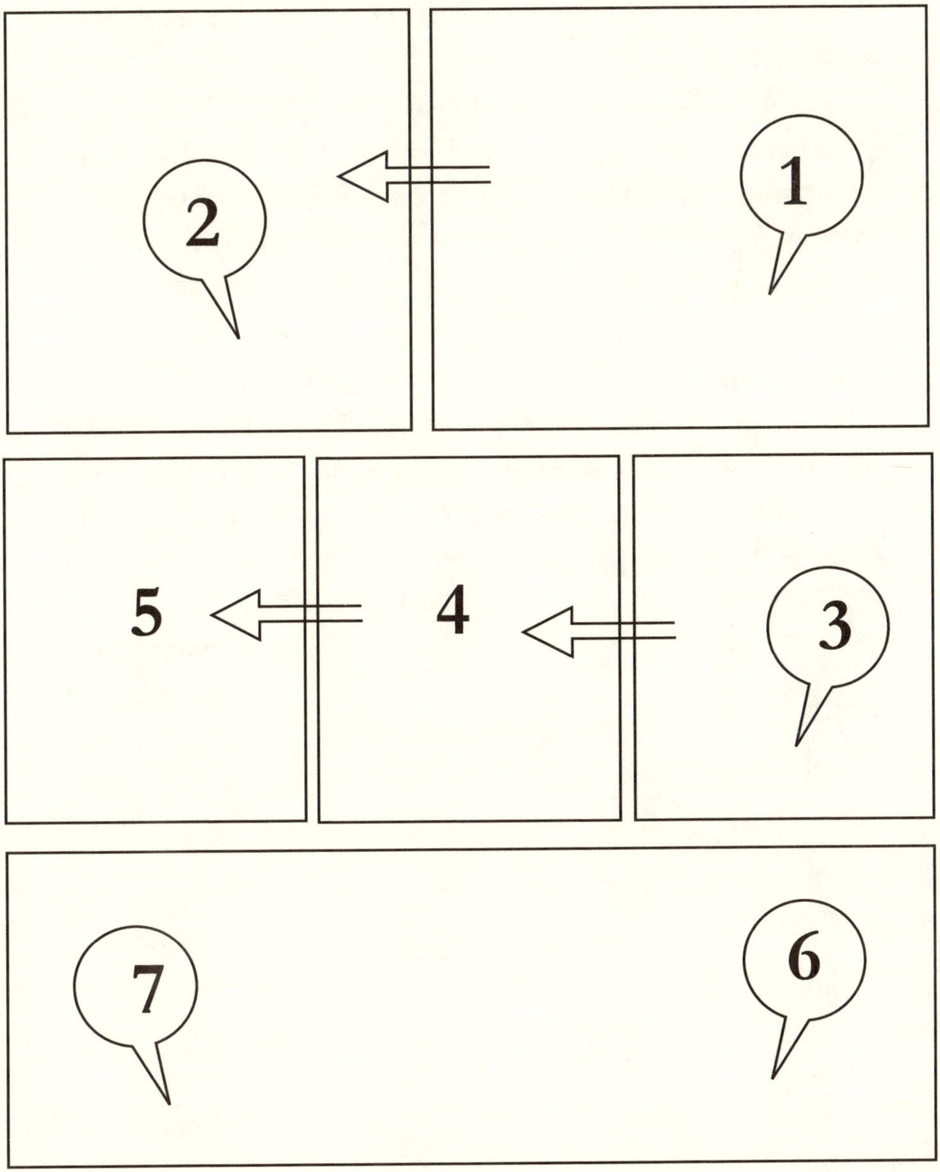

उसे असामान्य मानने वाली सामाजिक परिस्थिति।

यह कॉमिक न केवल बधिरों की कहानी है, बल्कि इसमें तद्‌युगीन जापान में दरिद्रता और भेदभाव की समस्या को भी उठाया गया है। उस समय बधिर और गरीबी का घनिष्ठ सम्बन्ध था और इसी के कारण भेदभाव भी उत्पन्न हो जाता था। वहाँ हमेशा बधिरों के मानवाधिकार की उपेक्षा की जाती थी। इस कहानी की विशेषता यह है कि बधिरों के दुख और आक्रोश को उन्हीं की दृष्टि से देख कर व्यक्त किया गया। इसकी मूल प्रेरणा है कि प्रत्येक व्यक्ति को मानवीय जीवन जीने का अधिकार मिलना चाहिए।

इस कॉमिक को पढ़कर आप सहसा यह सोचने लगेंगे कि मानव जीवन क्या है। हम सब मनुष्य सुख-शान्ति से रहना चाहते हैं। युद्ध की समाप्ति से ही विश्व शान्ति की स्थापना नहीं हो सकती है, बल्कि वास्तविक विश्व शान्ति की स्थापना तभी सम्भव है, जब विश्व में सम्पूर्ण मानव जाति के लिए मानवीय जीवन जीने का अधिकार सुरक्षित हो।

मैं जापान फाउंडेशन, नई दिल्ली और उसके निदेशक श्री कात्सुमा दोई को हृदय से धन्यवाद देती हूँ, उनके सहयोग के बिना यह पुस्तक कभी पूरी नहीं हो पाती। इस पुस्तक को प्रकाशित करने के लिए वाणी प्रकाशन के प्रबन्ध निदेशक श्री अरुण माहेश्वरी व श्रीमती वीणा अग्रवाल से मुझे पूरी सहायता मिली और डॉ. सुरिन्दर रंधावा से समय-समय पर मुझे महत्त्वपूर्ण प्रेरणा मिली, मैं उनकी आभारी हूँ। जापान में पूर्व राजदूत श्री अर्जुन असरानी, प्रो. अवधेश कुमार सिंह और डॉ. एस.के. प्रसाद से मुझे अमूल्य प्रोत्साहन मिला, मैं उनको अपनी कृतज्ञता प्रस्तुत करती हूँ।

तोमोको किकुचि

9 जनवरी 2015

अनुवादक की ओर से

सबसे पहले मैं इस कॉमिक के पाठ की ओर आपका ध्यान केन्द्रित करना चाहती हूँ कि इसे पढ़ने के लिए आपको एक विशेष तकनीक अपनाने की जरूरत है। जापानी भाषा की विशेषता के अनुसार जापानी पुस्तक उल्टी तरफ से पढ़ी जाती है, यानि पृष्ठ दायीं ओर से खुलेंगे। यह कॉमिक भी उसी रूप में प्रकाशित हुआ है, ताकि मूल रचना के कलात्मक गुणों को सुरक्षित रखा जा सके। जापानी पाठकों के अलावा अन्य भाषाओं के पाठकों के लिए यह पाठ कठिन अभ्यास हो सकता है, परन्तु यह पढ़ने की कठिन पद्धति नहीं हैं। मार्गदर्शन के तौर पर पृष्ठ का नमूना दिया जा रहा है, ताकि उसके सहारे आप पढ़ने के क्रम को पहचान सकें।

कॉमिक "अँगुलियों का ऑर्केस्ट्रा" जापान की बधिर शिक्षा के अध्यापक ताकाहाशि कियोशि की जीवनी पर आधारित है ।

20वीं शताब्दी के आरम्भ में जापान में बधिर शिक्षा में मौखिक प्रशिक्षण पर महत्व दिया जाने लगा और सांकेतिक भाषा नकारी जाने लगी। ऐसी पूर्व प्राचीन मान्यता थी कि बधिर अपूर्ण और असामान्य व्यक्ति है और जो बोल सकता है वही पूर्ण और सामान्य व्यक्ति है। इसी प्रकार मानवीयता की उपेक्षा की जा रही थी। इस पुस्तक में नायक ताकाहाशि द्वारा यह सन्देश दिया गया है कि सांकेतिक भाषा ही बधिरों के लिए सहज भाषा पद्धति है। यद्यपि बधिर मुँह से नहीं बोल सकते, तथापि वे कतई अपूर्ण नहीं है । बधिरों से सांकेतिक भाषा को छीन लेने का अधिकार किसी के पास नहीं है और यह किसी भी स्थिति में भी स्वीकार्य नहीं है। अध्यापक ताकाहाशि बधिर बच्चों की शिक्षा व मानवीयता की रक्षा के लिए अपना जीवन समर्पित कर स्कूल, कस्बे और समाज को बदलने का प्रयास करते हैं ।

वर्तमान भारत के बधिर स्कूलों की शिक्षा प्रणाली में मौखिक प्रशिक्षण को महत्व दिया जाता है और बधिर बच्चों को सांकेतिक भाषा का पर्याप्त शिक्षण नहीं मिल पाता है। यह बधिर विद्यार्थियों की शिक्षा के लिए स्वस्थ और सुविधाजनक वातावरण नहीं कहा जा सकता। इस समस्या के कई कारण हैं, जैसे अव्यवस्थित बधिर शिक्षा प्रणाली, सांकेतिक भाषा के शिक्षकों की कमी, इत्यादि। खैर इस समस्या का मूल कारण यह है, जैसे कि ऊपर बता चुकी हूँ जो बोल सकता है उसे सामान्य और जो नहीं बोल सकता है

वाणी प्रकाशन

4695, 21-ए, दरियागंज, नयी दिल्ली 110 002

शाखा

अशोक राजपथ, पटना 800 004

फ़ोनः +91 11 23273167 फ़ैक्सः +91 11 23275710

www.vaniprakashan.in
vaniprakashan@gmail.com

Waga Yubi No Orchestra (Vol-2)

by Osamu Yamamoto

First Published in Japan in 1992 by Akita Publishing Co. Ltd., Tokyo
Hindi translation rights arranged with Akita Publishing Co. Ltd.
through Tuttle-Mori Agency, Inc., Tokyo

Anguliyon Ka Orchestra-2

Translated in Hindi directly from Japanese by Tomoko Kikuchi

Comics

प्रथम हिन्दी संस्करण 2015

ISBN: 978-93-5072-984-7

मूल्य : ₹ 195

अँगुलियों का ऑर्केस्ट्रा
का हिन्दी भाषा में प्रकाशन वाणी प्रकाशन, नयी दिल्ली द्वारा
अकिता पब्लिशिंग कं. लि., तोक्यो व तुटली-मोरी एजेन्सी, इंक., तोक्यो
के अनुबन्धानुसार किया गया है

JAPANFOUNDATION

जापान फाउण्डेशन, नयी दिल्ली के सहयोग से प्रकाशित

प्रिंटलैंड डिजिटल, दिल्ली 110 020 में मुद्रित

वाणी प्रकाशन का लोगो मक़बूल फ़िदा हुसेन की कूची से